I0518306

BILDER EINER KLASSE

Die wahre Geschichte einer Schulklasse in den 1970ger Jahren in Bremen, aufgezeichnet vom Autor im Alter von 13 bis -16 Jahren und jetzt wiederentdeckt.

Diese heiteren, weitgehend unveränderten Erinnerungen schildern lebendige und lustige Eindrücke über Schüler, Lehrer, Raufbolde, Streiche, Klassenfahrten und jede Menge Schulspaß.

Es handelt sich um eine wahre Begebenheit. Die Namen aller Personen wurden geändert

Covergestaltung: René Egmont Pech, Rietschen

ISBN: 978 -3-9819911-3-0

Inhaltsverzeichnis

Einführung – die ersten Jahre

Ich erinnere mich noch ganz genau. Als ich 1970 eingeschult wurde, war ich unheimlich stolz, denn ich hatte das Gefühl nun wahnsinnig weit zu sein. Glücklich hielt ich meine prall gefüllte Schultüte hoch, in der sich neben Buntstiften und Süßigkeiten ein prächtiger Drachen in der Gestalt eines Adlers befand, und freute mich auf den nächsten Schultag. So richtig begriff aber noch nicht, dass ich mich fortan 13 Jahre lang tagtäglich darauf würde freuen können.

Wozu eigentlich das Ganze? Da kam man als kleiner Kerl in ein großes Gebäude mit Tischen und Stühlen darin, die alle gleich aussahen und in einer bestimmten Anordnung aufgestellt waren. Wenn man an einem dieser Tische saß, waren in dem öden Raum zuerst die aufklappbare Tafel und einen Kartenständer zu sehen, vor denen das Lehrerpult platziert war. In dieser ungewohnten Umgebung saß ich nun mit fremden, gleichaltrigen Jungen und Mädchen - Kinder die ich größtenteils nie zuvor gesehen hatte. Sofern ein Bekannter dabei war, den man bereits von früher kannte, hielt man sich an sogleich an ihn; die ganze Klasse bestand anfangs aus solch schüchternen Pärchen und Freundeskreisen. Und es dauerte lange, bis das zähe Band, das sie zusammenhielt, riss und letztendlich alle umschnürte, damit erstmals in unserem Leben ein Wir-Gefühl entstand, eine echte Klassengemeinschaft.

In dieser neuen Umgebung lernte ich nun lesen und schreiben, malte alles ab, was die ständig redende Person, die sich Lehrer nannte, an die Tafel schmierte und musste sogar zuhause immer noch viele Stunden üben. Und lernen musste ich, und Arbeiten schreiben, in denen später die Fehlerzahl in Rot drunter stand. So ein Quatsch! Und das alles nur, damit auf einem Zettel vorwiegend gute Dinge zu lesen waren, den man zweimal jährlich bekam und unbedingt an die Eltern weiterreichen musste. Später standen da dann auch noch Zahlen drauf!

Ja, so ging das die ersten vier Schuljahre, eigentlich die schönsten Jahre überhaupt, finde ich. Da schrieb man das Wort Gemeinschaft noch groß, man zeichnete, bastelte und sang zusammen, am schönsten war es zur Herbst- und Weihnachtszeit. Das anfangs öde Klassenzimmer war dann immer reich verziert von unseren „Werken". Am besten gefiel mir jedoch, dass ich nicht wusste, für wen ich lernte. Ich stand unter keinem Leistungsdruck und brauchte mir noch keinerlei Sorgen um die Zukunft machen. Wichtig war nur, dass sich die Eltern über das freuten, was letztendlich auf dem weißen Zettel stand, den man als Zeugnis bezeichnete. Zur Schule ging ich nur, weil das in dem Alter wohl alle so machten und weil es ja auch immer ganz lustig war. So tat ich das, was die Lehrer wollten und lernte völlig unbewusst für mein späteres Leben, mit dem Gedanken jedoch stets in der nächsten Pause, wo wir dann Fangen spielten oder ich mich prügelte.

Im fünften und sechsten Schuljahr wurde das alles etwas anders. Jetzt rückten de Zensuren weiter in den Vordergrund, denn im Laufe der Zeit sollte festgestellt werden, ob sich die einzelnen Schüler für die Hauptschule, für die

Realschule oder sogar für das Gymnasium eigneten. In Bremen hieß das Ganze „Orientierungsstufe". Zu den anderen Fächern kam nun noch die Fremdsprache Englisch hinzu. Mit der Klassengemeinschaft war in diesen zwei Jahren nicht besonders viel los: In Englisch und Mathe wurden wir und die Parallelklassen aufgeteilt und je nach Leistung in die Gruppen A, B, oder C gesteckt. Man bastelte lange nicht mehr so viel wie früher und die zeichnerischen Tätigkeiten beschränkten sich meist auf das Malen von Bäumen. Zumindest habe ich hauptsächlich Bäume in Erinnerung, was das Thema Kunst anbelangte. Noch weniger war in Musik los. Die musikalischen Fähigkeiten wurden anhand des Singens von aktuellen Hits beurteilt. Es galt: „Bloß keine Volkslieder!" Und dann begannen schon die ersten Leute zu rauchen, ein Verhalten, die ich überhaupt nicht verstehen konnte. Und ich begriff zum ersten Mal, dass ich weder für die Lehrer, noch für die Schüler arbeitete, sondern für mich! Merkwürdig, dass sich in einer solch kurzen Zeit so viel veränderte! Am Ende der sechsten Klasse gaben die Lehrer Empfehlungen, welcher Schultyp für die einzelnen Leute nun passend wäre. Für mich hatte sich die Anstrengung gelohnt: Ich sollte aufs Gymnasium. Sechs Jahre ging ich nun schon zur Schule - damit hatte ich bereits knapp die Hälfte meiner dreizehnjährigen Schulzeit hinter mich gebracht. Und nun sollte ich wieder auf eine neue Schule gehen und mir zum dritten Male mit weitgehend fremden Leuten eine Klassengemeinschaft aufbauen. Es wurde Zeit, dass wieder eine richtige zustande kam, aber so eine wie die ersten vier Jahre. Der Wunsch ging in Erfüllung, denn so eine bildete sich tatsächlich, so ähnlich jedenfalls, doch dies nur vorab. Was diese vier Jahre alles los war, möchte ich von Anfang bis Ende ganz genau schildern.

Klasse 7e

Am 3. September 1976 war strahlender Sonnenschein. Vor der Schule schmiss ich mein Fahrrad in irgendeine Hecke und betrat die Aula, deren Lage ich bereits in den Ferien ausgekundschaftet hatte. Ich musste grinsen über den guten Willen, uns gebührend in der Schule zu empfangen, denn alsbald öffnete sich der rote Bühnenvorhang und eine Tanzgruppe begann, herum zu hopsen. Dazu spielte ein grauhaariger Herr Klavier, mogelte hin und wieder ein paar falsche Töne dazwischen und tat, als wäre nichts gewesen. Rechts von mir befand eine fensterlose Wand, die mit glänzend poliertem Holz versehen war. Darauf waren die Kontinente der Erde und geschwungene Linien gedruckt. Links von mir bestand die Aula aus einer Glasfassade. Davor standen Heizkörper, an denen ältere Personen lehnten, offenbar Lehrer. Ich ließ meine Augen über die Mitte der Aula gleiten, wo Schüler und Eltern auf Klappstühlen saßen und das Geschehen auf der Bühne verfolgten. Die meisten Schüler waren gebräunt vom Sommerurlaub und luftig gekleidet, hatten – noch - sehr schlanke Büchertaschen in der Hand und machten einen recht frohen Eindruck. In der Menge erblickte ich Michael und Jürgen, die ich bereits aus der Orientierungsstufe kannte, und daneben war sogar noch ein freier Platz. Ich eilte darauf zu. Michael begrüßte mich mit einem breiten Grinsen und einem festen Händedruck, Jürgen dagegen mit einem lässigen „Moin Bogi!" Er machte eben immer gerne einen auf „cool".

Unsere erste Konversation wurde von zaghaftem Beifall unterbrochen, danach vom Trampeln der die Bühne verlassenden Tanztruppe. Kurz darauf betrat ein älterer gebückter Herr mit einer hohen Stirn das Podium

„Wer ist das?" fragte ich.

„Herr Dr. Dübel, der Schulleiter", antwortete Michael. „Hast du seine Willkommensrede gehört?"

„Nee!" Nun gut, die hatte ich also verpasst. Was soll`s?! Solche Ansprachen sind doch alle gleich: Der Redner stellt sich vor, heißt alle herzlich willkommen, redet etwas um den heißen Brei herum und wünscht einem alles Gute. Fertig! Dr. Dübel hatte die Menge weitgehend zum Schweigen gebracht, indem er die Arme hob und sich mehrmals räusperte. Er sagte:

„Wir kommen nun zu den neuen Klassen. Die Schüler, die ich nun aufrufen werde, bilden die 7e und sammeln sich bitte bei ihrer Klassenlehrerin Frau Klug.“

„Hoffentlich nicht so 'ne olle Tussi", meinte Jürgen. Dr. Dübel deutete vielversprechend auf die Lehreransammlung bei den Heizkörpern und begann die Namen herunterzuleiern. Da das alphabetisch vor sich ging und mein Name mit B beginnt, kam ich bald an die Reihe. Aha, 7e war ich also. Als

Jürgen aufgerufen wurde und er sich den Weg zu Frau Klug freimachte, leuchteten seine Augen begeistert auf. Sie war wahrhaftig keine „olle Tussi", nein, ich schätzte sie auf Mitte zwanzig. Frau Klug war kaum größer als ich damals. Sie hatte pechschwarze Haare, dunkle Augen, war braungebrannt und sportlich gekleidet. Wie ich später erfuhr, hatte sie gerade ihr Referendariat beendet und wir waren nun ihre erste Klasse.

Als wir alle vollzählig waren, brachte sie uns in unser neues Klassenzimmer, Raum 21. Von neu konnte allerdings nicht die Rede sein: Die Tafel war in schlechtem Zustand, die dunkelgrauen, bereits durch Liebesinschriften und Ähnliches verzierten Schränke waren lädiert und zugenagelt. Die Fenster waren trüb und hatten Sprünge. Die Wände bestanden, wie in der ganzen Schule, aus unverputzten gelben Klinkersteinen. Ansonsten war Das Klassenzimmer astrein sauber. Was nun kam, konnte man sich wohl denken: Frau Klug stellte sich vor, gab den Stundenplan bekannt und nannte uns die jeweiligen Lehrer für die einzelnen Fächer. Am nächsten Tag wollte sie die Bücher ausgeben lassen. Aber das alles möchte ich gar nicht erst groß erwähnen. Beginnen wir lieber mit dem Schulalltag.

Nachdem am nächsten Tag die Schulbücher ausgegeben waren, warteten wir gespannt auf unsere Deutschlehrerin, Frau Meyer-Clausnitz. Ich glaube, wir waren von Frau Klugs Erscheinungsbild ganz schön verwöhnt und erwarteten von anderen Lehrerinnen nun Ähnliches. In diesem Fall erwies sich das als Trugschluss – und war wohl auch ein Grund dafür, dass Frau Meyer-Clausnitz´ erste Stunde eine Art Reinfall wurde. Als sie im Raum stand und die Tür geschlossen hatte, wurde es mucksmäuschenstill und 28 Augenpaare musterten sie von oben bis unten. Trotz des herrlichen spätsommerlichen Wetters trug sie einen weißen Rollkragenpullover und einen geblümten, etwas verwaschenen Rock. Am untersten Ende ihrer flaschenförmigen Beine trug sie braune „Hush Puppies" - Wildlederschuhe. Frau Meyer-Clausnitz mochte Ende fünfzig sein und war wohlgenährt. Ihr Haarwuchs auf dem Kopf war spärlich und glänzte leicht fettig. Sie hatte nur schmale

Augenbrauen und die Lider über ihren schwarzen Augen hatten kaum Wimpern. Nach wenigen Minuten im Klassenzimmer stellte sie fest, dass es ihr trotz des Rollkragenpullovers zu kalt war. Aber anstatt das Fenster selbst zu schließen, bat sie einen aus der ersten Reihe, dies zu tun. Jan, ein kleiner, noch sehr kindlich wirkender Junge stand auf und machte gehorsam das Fenster zu. Dann kramte sie umständlich ihre Brille aus dem Etui und schlug ein dickes Buch in rotbraunem Leineneinband auf. Sie begann, uns eine Geschichte aus dem Orient vorzulesen. Sie las langsam und deutlich, beinahe zu langsam, und versuchte durch ständiges Geklimper mit den Augenlidern der Erzählung eine ganz besondere Note zu verleihen. Wovon die Geschichte handelte, weiß ich heute nicht mehr so genau. Jedenfalls kamen darin viele Sultanstöchter, Kaufmänner, ja sogar Eunuchen vor! Ich glaube, die Klasse war froh als Frau Meyer-Clausnitz nach 45 Minuten wieder verschwunden war. Aber vielleicht war sie ja gar nicht so übel. Es ist einfach schwierig, Lehrer nach der ersten Stunde zu beurteilen.

Nach der Pause hatten wir Herrn Winterberg, unseren neuen Mathelehrer; auch wieder so ein Mensch für sich. Ein Raunen ging durch den Raum, als er eintrat, was wohl auf seine Größe und majestätische Haltung zurückzuführen war. Er sagte mit tiefer Stimme:

„Guten Morgen", und stellte seine alte abgenutzte Ledertasche auf das Pult. Dann stelzte er zum Kartenständer, hängte umständlich das Jackett seines himmelblauen

Herr
Winterberg

Anzugs daran auf und schnäuzte sich erst mal geräuschvoll die Nase, ehe er sich am Pult niederließ. Herr Winterberg hatte ein sehr spitzes Kinn, das mit einem Bartbüschel bewachsen war. Über seiner Oberlippe, wuchs ein ebenso gepflegter Schnurrbart. Auf der knolligen Nase saß eine dunkle Hornbrille mit dicken, leicht getönten Gläsern. Durch die darüberliegende Denkerstirn wirkte er eher wie ein honoriger Professor als wie ein Mathelehrer. Und noch weiter oben war sein Kopf mit fast schwarzem, naturgekräuseltem Haar versehen. Herr Winterberg war die Ruhe in Person. Die ganze erste Mathestunde unterhielt er sich geduldig mit uns und beantwortete alle möglichen Fragen. Der erste Eindruck, den er bei uns hinterließ, war durchweg positiv. In der nächsten Unterrichtsstunde wollte er mit uns vertiefend in das Thema Bruchrechnung einsteigen.

Erwartungsvoll stimmte uns auch der Auftritt der Engländerin Miss Parsonage, der uns jedoch nicht ganz so schockierte wie der von Frau Meyer-Clausnitz. Jürgen konnte sich seine zweideutigen Bemerkungen nicht verkneifen, denn er hatte eine Woche zuvor den nicht jugendfreien Film „Her mit den kleinen Engländerinnen" gesehen. Miss Parsonage war noch verhältnismäßig jung, aber nicht sonderlich schlank. Man hatte bei ihr allerdings den Eindruck, von einer Witwe oder sonstig Trauernden unterrichtet zu werden, denn sie trug vorwiegend Kleidungsstücke in ihrer Lieblingsfarbe: Schwarz. Wie sich im Laufe der Zeit herausstellte, unterrichtete sie ihr Englisch ebenso streng wie ehrgeizig, wiederholte alles geduldig, bis es jeder kapierte und schenkte uns ein freundliches Lächeln, wenn sie einmal gut mit uns vorankam. Sie hatte die nötige Ruhe, die man von einem Lehrer erwartet. Nur, geschah alles, was sie uns beibrachte, sehr, sehr langsam und wir kamen kaum voran.

Auf die anderen Lehrer komme ich natürlich auch noch zu sprechen. Zunächst aber möchte ich nun einige Worte über meine lieben Klassenkameraden verlieren. Beginnen wir mit den bereits Erwähnten - Jürgen und Jan. Letzterer war einen Kopf kleiner als Jürgen und seine Haare waren dunkler als Jürgens lockiges Blond. Aber beide waren Typen, die der Stimmung einer Klasse die richtige Würze verliehen. Sie bevorzugten nächtliche Feten mit Mädchen, nicht näher definiertem „Fusel" und auch schon mal Zigaretten. Überhaupt: Wenn es um Zigaretten ging, verfügten sie über eine erstaunliche Kameradschaftlichkeit, besonders bei Jan, denn er rauchte, wenn Jürgen ein paar

„Fluppen" hatte, immer gerne kostenlos mit. Ich konnte das nicht so recht verstehen. Mein Vater ließ mich gelegentlich an seinem Bier nippen, aber Zigaretten schmeckten mir damals überhaupt nicht.

Natürlich, und es konnte auch gar nicht anders kommen, wurden die beiden dicke Freunde. Zu diesem "FFF-Team" (Feten-Fluppen-Fusel-Team) gehörte ansonsten noch Wolfgang, auch Wolle oder Fuzzi genannt. Er, der für sein Alter noch eine ziemlich hohe Stimme hatte, war überall mit dabei, besonders wenn Jürgen keinen Begleiter für seine Pausenzigarette hatte. Dann hieß es:

„Fuzzi, kommste mit, eine rauchen?"

Und Fuzzi kam.

Betrat ein Außenstehender die Klasse, fiel ihm aufgrund ihres ungewöhnlichen Aussehens mit Sicherheit zuerst Mary auf. Sie war die Tochter einer Deutschen und eines schwarzen Einwanderers aus Ghana. Auf den ersten Blick hatte sie allerdings mehr von ihrem Vater, als von ihrer Mutter geerbt. Mary war schon lange in Deutschland, sprach ausgezeichnet Deutsch und war ziemlich schlau, wenngleich etwas begriffsstutzig. Sie hatte ein offenes Wesen und war so ein Typ, der es leicht hatte Freundschaften zu schließen. Man konnte sich einerseits gut und ernsthaft mit ihr unterhalten, andererseits musste man damit rechnen, sich eine Ohrfeige einzufangen, wenn man sie ärgerte.

Dirk kannte ich ebenfalls aus der Orientierungsstufe. Er war ein Perry-Rhodan-Fan. Nicht nur zu Hause oder in den Pausen, sondern auch in langweiligen Unterrichtsstunden verschlang er die Heftchen mit den spannenden Weltraumabenteuern förmlich und machte ein Gesicht, als würde er den gesamten Inhalt intensivst miterleben. Kurze Zeit später hatte er bereit Jens angesteckt. Ich wusste damals noch nicht, dass auch mich die Sucht vorübergehend packen würde, und hörte nur spöttisch zu, wenn sie sich gegenseitig über interstellare Sprünge und die neuesten Raumschifftechniken informierten. Jens setzte sich bald von seinem bisherigen Tischnachbarn Rolf weg, neben Dirk, um die Gespräche auch im Unterricht führen zu können.

Damit wären wir schon bei der nächsten Person: Rolf. Wäre er nicht gewesen, hätte dieses Heft nur den halben Umfang. Was an ihm zuerst auffiel, war sein pyknischer Körperbau. Seine blonden Haare, die er damals noch normal trug, hingen ihm meist unordentlich um den Kopf. Die Hosen, die er trug, waren meist billige Kunstfaserjeans, die alle Hochwasser hatten. Sein Gesicht wirkte dick und aufgeschwemmt. Aber, wie gesagt: nach seinem Aussehen darf man keinen Menschen beurteilen. Außerdem war Rolf anfangs ganz nett, erst als sich Jens von ihm weg setzte wurde er mürrischer. Es hatten sich schon allerlei Freundschaften gebildet, nur ihm fehlte noch ein echter Kumpel.

Zu dieser Zeit herrschte unter den Mädchen der Klasse eine üble Krankheit, die sogenannte BCR-Krankheit. BCR waren die Bay-City-Rollers, eine Rockgruppe die aus sechs Möchtegern-Bubis bestand, die unter uns Jungen eher Ablehnung als Begeisterung hervorriefen. Andrea war von dieser Krankheit am meisten befallen. Damals war sie mittelblond, recht mager und mit einer Zahnspange bewaffnet. Später gelang es ihr sich von BCR abzuwenden, sie wurde quasi geheilt. Auch die Zahnspange wurde sie los und heute erfreut sie sich, wenn auch auf einem großen Umweg, auf den ich noch zu sprechen komme, größter Beliebtheit. Andreas hatte dagegen einen ausgesprochen guten Musikgeschmack, denn er vertrat mit mir allein die Gruppe ABBA in der Klasse. Andreas war kein Typ, der sich groß etwas aus Freundschaften mit Jungs machte. Nein, er war lieber in der Obhut von Mädchen. Er dachte sich nichts dabei, während die anderen männlichen Wesen der Klasse das kritisch beäugten. In der 7e war er eigentlich mein bester Freund.

In der ersten Reihe hatte sich eine Gruppe gebildet aus Hans-Peter, Michael, Jörg und Mario, die wir im Allgemeinen "die Ossis" nannten; jedenfalls wusste jeder wer gemeint war, wenn dieser Name fiel. Das wären zunächst einmal die wichtigsten Schüler. Nun aber weiter mit den Lehrern und dem täglichen Schulleben.

In Musik bekamen wir Herrn Webers. Er war eigentlich eher ein Lehrer für die Kleinen, was man daran merkte, wie er mit uns umging. Zu Beginn der Stunde notierte er sich lustlos unsere Namen in ein auf den Klaviertasten liegendes Notizbuch und fragte, ob wir ein Instrument spielten. Seine buschigen Augenbrauen gingen sofort in die Höhe, als ich kleinlaut gestand, dass ich Trompete spielte. Schüler, die mich schon länger kannten, wussten bereits, dass ich gerne etwas vorspielte, um mal zu zeigen, wie weit ich schon war und was ich dazu gelernt hatte. Und diese Chance erstmals vor so vielen Schülern zu spielen, durfte nicht ungenutzt bleiben. Die Hoffnung schwand jedoch, als mir Herr Rebers die schuleigene Trompete überreichte. Ach, was rede ich überhaupt von einer Trompete?! Der Lack war vollkommen ab und einige Beulen so tief, dass nur noch wenig Luft durchkam. Die Ventile konnte man kaum noch bewegen und in den Rohren hatte sich der Speichel und Essensreste von unzähligen Spielern gesammelt. Der Ton, den ich herausbrachte, klang jedenfalls wie die in einer Pfütze steckenden Autohupe. Herr Rebers hängte den instrumentalen Kadaver enttäuscht wieder weg und eilte zum Klavier, um im nächsten Moment ein paar Takte in die Tasten zu hämmern. Er wollte nun die musikalischen Fähigkeiten der ganzen Klasse testen. Das Stück, das er uns zu diesem Zweck beibrachte, hieß: „Way down upon the Swanee River". Von der Aussprache der zahlreichen englischen Vokabeln hatte jeder eine andere Vorstellung. Hier schnarrten tief und unsicher die Jungs, drüben hoch und schräg die Mädchen und in der Mitte klimperte grölend Herr Rebers. Was dabei herauskam, hatte nicht mehr viel mit Musik zu tun.

Neue Erkenntnisse im Fach Mathematik: Herr Winterberg war neben Frau Klug einer der wenigen Lehrer, die den Unterricht sachgemäß nach Lehrplan durchführten. Die Klasse hatte sich bald an die ruhige Art gewöhnt mit der uns die Bruchrechnung beizubringen pflegte. Bei den Hausaufgaben war er immer sehr pingelig. Außer er war gut gelaunt, dann ließ er selbst die schlimmste Schmiererei ungeahndet stehen. Ansonsten strich er reihenweise die Hausaufgaben mit rotem Filzstift durch, wenn sie ihm unordentlich erschienen. Bald darauf war bei uns nur noch vom „gefährlichen Rotstift" die Rede.

Frau Klug gab sich inzwischen die größte Mühe uns Französisch beizubringen, und schlug hin und wieder überraschend mit einem Vokabeltest zu. Meistens waren wir darauf vorbereitet, weil man es sich schließlich bei den neuen Lehrern nicht gleich durch Faulheit verderben wollte. Das Resultat waren ungewöhnliche Notendurchschnitte. Bei einem gab es nur zwei Dreier, der Rest waren Einser und Zweier. Von diesem Test wird auf Klassentreffen noch heute sehnsüchtig gesprochen!

Wie in jeder Klasse gab es auch bei uns rasch eine Menge Spitznamen. Der erste galt Sabine von der Heide. Da man sich ja heute sowieso kaum noch mit Vornamen anspricht, und uns ihr vollständiger Name viel zu umständlich erschien, machte jemand – ich weiß nicht mehr wer - ein wesentlich praktischeres „Acker" daraus. Auf jeden Fall passte der Spitzname zu ihrer damaligen Figur...

Frau Meyer-Clausnitz, die wir nur noch nach ihrem Lehrerkürzel „MC" benannten, brachte uns durch eine Geschichte auf den Spitznamen für Jens: „Hörnchen". Weshalb der Name gerade so gut auf ihn zutrifft, kann ich nicht einmal genau sagen, vielleicht wegen seiner Stupsnase, die ihm so ein fröhliches Aussehen verleiht. „Hörnchen" nennt man ihn jedenfalls heute noch. Der nächste Spitzname galt Markus, der erst später zu uns in die 7e kam, weil ihm der Blinddarm entfernt wurde. Vom Aussehen und seiner Art her erinnerte er mich merkwürdigerweise immer an den Primus aus Erich Kästners „fliegendem Klassenzimmer". Ihn nannten wir aufgrund seines Nachnamens und seiner Schlacksigkeit ganz knackig „Bifi". Und unser guter Jürgen? Richtig! Den hätte ich fast vergessen. Er hatte immer eine rote Nase, sodass Andrea schließlich in einem lateinischen Vokabelbuch unter „Nase" nachsah und ihm dann den Namen „Rhino" verpasste. Von Rhino selbst stammt übrigens keiner der oben erwähnten Spitznamen. Er verliebte sich nur ständig in irgendwelche Schimpfwörter. Zu jener Zeit nannte er - vielleicht erinnert ihr euch - alles was ihm in die Quere kam, einen „Afterleck".

Der Unterricht nahm seinen normalen Lauf. Von Miss Parsonages Englischstunden habe ich nur recht wenig mitbekommen, denn es war viel interessanter sich mit Andreas über die aktuellen Auftritte von ABBA zu unterhalten. Hin und wieder hielten auch wir inne, aber nur, wenn es Gaudi gab. Ein typisches Beispiel war Miss Parsonages T-Shirt, das zum einen logischerweise schwarz war und zum anderen einen sehr großen Ausschnitt hatte. Wenn sie sich dann über irgendwelche Hausaufgaben beugte, hatte man einen wunderbaren Ausblick auf das, was sich dahinter befand. Solche Augenblicke verursachten immer wieder Unruhe. Die verschlafenen Augen der Jungen waren plötzlich hellwach und die Mädchen wurden rot und kicherten...

Physik hatten wir bei Dr. Reinhardt, ein Mann in den besten Jahren, den die Mädchen anfangs ebenso heimlich bewunderten wie wir Jungs

Frau Klug. Dr. Reinhardt wusste genau was er uns beibringen wollte, meistens schaffte er es bloß nicht, weil er ein viel zu schwaches Durchsetzungsvermögen hatte. Die ersten Physikstunden verbrachten wir mit zahlreichen interessanten Experimenten.

In Biologie unterrichtete uns Frau Hein, die uns im Laufe des Schuljahres nicht nur über Blumen und die Gefährlichkeit des Rauchens aufklärte, sondern mit uns, nachdem wir alles über Fische im Unterricht durchgenommen hatten, diese Tiere auch sezierte. Der dabei entstehende Gestank lockte sogar den Schulleiter Dr. Dübel aus seinem Büro.

Bei Herrn Bock hatten wir während des ganzen Schuljahres Sport. Wenn man den jungen bärtigen Mann bei seiner Pausenaufsicht beobachtete, hatte er immer eine Schar kleiner Mädchen aus den unteren Klassen um sich, wo er offenbar sehr gut ankam. In den höheren war dies offenbar nicht der Fall, denn auf einem Tisch im Raum 23 las ich mal folgendes: "Wer Bock sieht und nicht gleich los kotzt, der spinnt." Offenbar unterrichtete Herr Bock auch noch andere Fächer als Sport, in denen er nicht so beliebt war.

Herr Rebers versuchte inzwischen vergeblich, uns Noten beizubringen. Ich und vielleicht noch ein paar andere hatten dabei keine Schwierigkeiten. Am meisten haperte es bei Dirk. Wenn Herr Rebers ihn nach der Tonleiter fragte erfand er immer neue Töne. Auf die Frage, welcher Ton zwischen A und H liegt, meinte er: „Bar". (Bach hätte sich im Grabe umgedreht!) Und Jürgen rief laut in die Klasse:

„Haa... Dirk denkt wieder nur ans Saufen!"

Rolf hatte immer noch keinen Freund gefunden. In einer Zehn-Uhr-Pause ging ich mit ein paar Kumpels nochmal in den Klassenraum, um das vergessene Pausenbrot zu holen. Doch hätten wir gewusst, dass kurz zuvor jemand Rolf einen „Fettsack" genannt hatte, hätten wir das gelassen. Er zog eine wahnsinnige Show ab. Jeder sollte sehen, dass er wütend war. Er versetzte Tischen Fußtritte, sodass sie umfielen. Er schleuderte Stühle nach uns und nasse Tafelschwämme. Vereinzelte Rufe, er solle doch mit dem Theater aufhören, wurden meist mit einem: „Schnauze, sonst bist du reif!" abgewiesen. Wir verzogen uns schleunigst auf die Toiletten, als wir merkten, dass wir zu seinem Ziel wurden. Mit unserem Verschwinden verließ Rolf die Freude am Verwüsten und er verschwand aus dem Klassenraum, damit wir alles wieder aufräumen konnten.

Kunst hatten wir bei Herrn Preis, einem emanzipierten Jüngling mit rotem Vollbart. Sein Ziel war es, uns dazu zu bringen, selbständig einen Comic zusammenzustellen, was zuvor natürlich einige Übungen erforderte. Zunächst sollten wir einen ganz normalen Bewegungsvorgang malen, wobei ich mich fürchterlich blamierte. Mir fiel dazu nichts Passendes ein und mit der Zeichnung, die das Treiben in einem Schwimmbad darstellen sollte, war ich nicht zufrieden. Also malte ich auf die Rückseite einen nackten Mann, der vom Schlafzimmerschrank in ein Bett sprang, in dem eine nackte Frau lag. Daneben kritzelte ich eine weitere Zeichnung, die ein zusammengekrachtes Bett zeigte. In der nächsten Unterrichtsstunde, nachdem Herr Preis vorher die Werke zu Hause begutachtet hatte, hielt er mein Bild hoch, natürlich nicht die Schwimmbadszene, und rief:

„Matt, was hast du denn da für eine Sexszene gemalt?!"

Und ich merkte deutlich, welche Farbe mein Gesicht annahm...

MC hatte eine sehr dumme Angewohnheit: Wenn es im Klassenraum unruhig war, sprach sie zunächst ein scharfes S: „sssss...", auf das ein ebenso scharfes T folgte: „tt!". Das Ganze klang dann in etwa so: „Ssssstt!". Vielleicht hatte sie das in der Lehrerausbildung vor dem Krieg als pädagogisch wertvolles Element erlernt. Wenn sie dieses Geräusch machte wurde es von der Klasse meistens nachgeahmt, was sie abermals dazu veranlasste, solche Laute von sich zu geben. Es dauerte jedenfalls ganz schön lange, bis es dann endlich wieder still war. Ich erinnerte mich noch genau an den ersten Aufsatz, den wir bei ihr am Anfang des Schuljahres schreiben sollten - mit der Überschrift: „Erlebnisse eines Ferientages." Also legte ich los und berichtete über das Eindringen in ein verwahrlostes Grundstück bei uns in der Nähe, auf dem viele Obstbäume standen. Eigentlich wollte ich mir mit einigen Kumpels nur ein paar reife Äpfel aneignen. Das Grundstück trug bei uns den Namen „Zippels Garten". Auf einem Apfelbaum wurde ich dann von einer Wespe gestochen, woraufhin ich rücklings vom Baum fiel und in den Brennnesseln landete. Die Moral von der Geschicht': Äpfel klauen lohnt sich nicht. MC lobte den Aufsatz in höchsten Tönen und ich bekam eine Eins dafür. Leider wurden solche Noten bei mir zunehmend seltener.

Herr Winterberg führte strenge Regeln ein. Zwar ließ er den Rotstift jetzt in der Tasche, wenn er die Hausaufgaben prüfte, aber wer die zahlreichen Bruchrechnungsregeln nicht konnte, musste sie etliche Male aufschreiben. Dafür hatte ich sie später im Studium noch drauf.

Frau Klug hatte uns in Erdkunde und Französisch nun schon allerhand beigebracht und setzte sich auch immer für uns ein, wenn sich Lehrer über Rolf beklagten. Auch hatte sie bereits eine Klassenfahrt organisiert, die uns im Februar an den Sonnenberg im Harz führen sollte, um Ski fahren zu lernen.

In der Weihnachtszeit begann eine völlig neue Epoche, die sogenannte Schrankära. Wir hatten entdeckt, dass das Innere der lädierten Schränke in unserem Klassenraum genügend Platz für mehrere Personen bot. Dazu musste man allerdings erst in der Lage sein, sie zu öffnen, denn der Hausmeister hatte sie zugenagelt. Jürgen brachte eine Kneifzange mit und entfernte die Nägel. Wir öffneten die alten Schiebetüren und Rolf, Jürgen, Fuzzi, Andreas und ich suchten uns sogleich behagliche Ecken aus und weihten sie ein. Die Schränke waren innen sauber und rochen nach alten Spanplatten. Jürgen schmorte mit seinem Feuerzeug einen schwarzen Fleck an die Schrankdecke, Andreas und ich verzierten die Wände mit ABBA Symbolen und Rolf probierte, ob man auch etwas kaputtmachen konnte. Montags hatte immer Herr Drosenmeier Aufsicht und da wir damals schon merkten, wie streng er war, probierten wir gleich aus, was die Schränke taugten. Sicher darin versteckt hörten wir selig zu, wie er zwei Leuten eine Strafarbeit aufgab, weil sie den Pavillon nicht verlassen hatten.

Frau Muschnik gab bei uns Geschichte; sie war eine große, schlanke Frau mit langen Haaren und einem vorgeschobenen Doppelkinn. Sie unterrichtete interessant, aber aufgrund der Tatsache, dass sie kein sonderliches Durchsetzungsvermögen hatte, machte Rolf mit ihr, was er wollte. Stunden wie die Folgenden waren keine Seltenheit: Frau Muschnik kam mit noch einigermaßen brauchbaren Nerven in die Klasse. Rolf war nicht zu sehen. Sie begann mit dem Unterricht. Rolf begann, im Schrank zu singen. Sie rief gereizt:

„Rolf komm da raus und setz dich hin!"

„Nein!"

„Gut, dann trage ich dich jetzt ein!"

Rolf stöhnte. Man hörte es zweimal klicken, eine Schranktür löste sich und fiel krachend aus den Angeln ins Klassenzimmer. Frau Muschnik wurde rot. Sie wollte fortfahren, da kramte Rolf ein Spielzeugauto hervor, zog den Motor auf bis es knirschte und ließ es von seiner Tischkannte aus durch die ganze Klasse sausen. Nach kurzer Zeit wurde es ihm zu langweilig und er begann, Andrea mit einem roten Benzinstift zu bedrohen. Dann drehte er sich nach Jürgen um und fragte herausfordernd:

„Soll ich sie anmalen?"

Schließlich holte er ein winziges Glasfläschchen hervor, in dem sich eine mysteriöse gelbe Flüssigkeit befand und warf es Frau Muschnik vor die Füße. Das Fläschchen zerbrach und ein Geruch nach verfaulten Eiern verbreitete sich. Eine Stinkbombe! Frau Muschnik stöhnte auf und schrie:

"Rolf, raus!!!"

Jemand öffnete die Fenster. Rolf lachte sich halb kaputt. Frau Muschnik verließ die Klasse nicht halb so frisch, wie sie sie betreten hatte. Außer einem Eintrag ins Klassenbuch hatte das für Rolf anscheinend keine Folgen.

Nach den Weihnachtsferien ging es weiter. Rolf hatte die Gelegenheit zum Kauf von Knallkörpern und Scherzartikeln voll und ganz ausgenutzt. Weil er wusste, dass Jürgen auch gerne mal Mist baute, hielt er ihm öfters Stinkbomben vor die Nase, und fragte:

„Na, willste eine?"

Meistens nahm Jürgen gerne eine an – genau so, als hätte man ihm eine Zigarette angeboten Doch seine Vernunft reichte immerhin so weit, dass er die Stinkbomben nicht in der Schule zersplittern ließ, was man von Rolf nicht gerade behaupten konnte. Der schreckte ja nicht mal vor dem Lehrerzimmer zurück. Bei Frau Klug und Herrn Winterberg erlaubte er sich dies allerdings nicht, weil sie streng waren und sich so etwas nicht bieten ließen. Aber für uns Schüler war Rolf eine echte Plage. In der Sportstunde machte er nichts als Blödsinn, in Kunst zerriss er in seinen Aggressionsphasen aus Neid die schönsten Bilder und aus den Bio- und Physikräumen ließ er ungeniert alle möglichen Gegenstände mitgehen. Auf seine Rechnung gingen auch zahlreiche Tische und Stühle, Lampen und Fensterscheiben. Bei Dr. Dübel wurde er natürlich Stammkunde. Rolf zeigte auch bei ihm kein bisschen Respekt. Er machte immer ein Gesicht, als wollte er sagen: „Du kannst mich mal Opa, ich fliege ja doch nicht".

Mitunter legte er sich mit jedem an. Man konnte ihn sich nur vom Leibe halten, indem man versuchte, sich bei ihm Respekt zu verschaffen, etwa durch eine anständige Schlägerei, was nur Wenigen gelang, denn er war sehr grob und drohte seinen Gegner zu verletzen. Andrerseits neigte Rolf auch zum Kratzen, Beißen und unkontrolliertem Hauen. Markus sagte einmal, es sei kein Unterschied ob man mit Rolf oder einem Mädchen kämpfte. Man fragte sich, woher Rolf seine Aggressionen wohl hatte. Dr. Dübel und viele Lehrer tippten auf sein Elternhaus. Nachdem Jens Rolf mal zu Hause besucht hatte, bestätigte sich dies vollständig. Man müsse vor dem Betreten der Wohnung die Schuhe ausziehen und immer schön leise sein, damit der Vater ja nicht gestört werde, erzählte uns Jens entsetzt. Und der Vater sei so streng, dass er Rolf wegen einer schlechten Note immer verprügelte. So war das also. Schrieb Rolf mal eine schlechte Arbeit, konnte er seiner Wut nur in der Schule Luft machen. Sich richtig austoben, war nur außerhalb des Elternhauses möglich. Es war zum Verzweifeln. Frau Klug beschloss, Rolf aufgrund seines Verhaltens nicht mit auf die Klassenfahrt zu nehmen.

Am 16.Februar 1977 ging es los. Mit Begleitpersonal Herrn Wustrow, einem Skilehrer, und einem Jüngling, lockigen Haares, Peter Hill, genossen wir eine stille, gemütliche Busfahrt. Andreas und ich konnten durchsetzen, dass Abba gehört wurde und BCR-Fan Andrea zeigte sich zutiefst beeindruckt von dem Titel „Knowing me, knowing you". Ach, waren das friedliche Zeiten!

Am Sonnenberg war es neblig, aber es lag noch recht viel Schnee. Über die Zimmerverteilung brauche ich wohl keine weiteren Worte verlieren. Die Hütte, die wir bewohnten, war mit Holz verkleidet und mit modernen Waschräumen, stinkenden Toiletten und einem Tagesraum versehen. Aus den Zimmern konnte man sehr gut aussteigen, denn sie waren im Erdgeschoss und hatten je ein Fenster, dass nicht verschlossen war, wie das ja in manchen Jugendherbergen so üblich ist. Die Mahlzeiten fanden in der benachbarten Jugendherberge statt die gerade von einer gleichaltrigen Gruppe aus Wolfenbüttel bewohnt wurde. Die erste Nacht herrschte natürlich Chaos. Eine wilde Kissenschlacht über alle Zimmer ergab sich, die wesentlich spannender wurde durch die Tatsache, dass Frau Klug oder Herr Wustrow jederzeit mit grimmigem Blick auf den Flur treten konnten, welchen man bei der Schlacht natürlich nicht meiden konnte. Allen voran stürmte Peter Hill, der uns anfangs so vernünftig vorgekommen war.

Am nächsten Morgen hatten wir die erste Skistunde. Ich kann dazu nur sagen: katastrophal. Ich hatte das Pech, in Peters Gruppe zu sein. Er erwies sich als ein fürchterlicher Sadist. Pausenlos jagte er uns den Berg rauf und mit schwierigen Hindernissen wieder runter.

„Schneller, schneller", feuerte er uns an, "ihr schlaft mir sonst noch ein! Und jetzt die Huckelpiste!"

Die Huckelpiste, bestehend aus drei aufeinander folgenden Hügeln, lässt noch heute so manchen erschaudern. Peter nahm lässig Anlauf von oben, benutzte den ersten Hügel als Sprungschanze und landete zehn Meter weiter sicher auf den Beinen. Wir endeten überall, bloß nicht auf den Beinen und Peter lachte sich jedes Mal halb kaputt, wenn sich ein Schüler fluchend aus dem Schnee erhob und seine Skier suchte. Sie hatten glücklicherweise Sicherheitsbindungen und niemand verletzte sich auf dieser Klassenfahrt.

Jürgen
und
Jan

In unmittelbarer Nähe unserer Herberge war das Gasthaus „Zum Grünen Jäger", wo man schnell mal rübergehen und einen sicherstellen konnte. Jürgen, der als Bierfreund sowieso der erste Besucher unserer Klasse war, stellte erst mal etwas anderes sicher. Sie war aus der Wolfenbütteler Gruppe und hieß Marion. Von nun an knutschte er mit ihr jede freie Minute unter vielen Zuschauern vor seinem Zimmerfenster herum. Am nächsten Abend wurde das Pärchen von Herrn Wustrow erwischt, als Marion in Jürgens Zimmer stand. Aber dieser Lehrer, der ein richtiger Angebertyp mit Goldkettchen war - und deshalb von einigen als "Schleimer" bezeichnet wurde - spielte den großzügigen Pauker und „begnadigte" die Beiden.

Mary hatte mit den Skiern sehr große Schwierigkeiten. Sie wirkte auf ihnen wie ein Elefant im Porzellanladen, denn sie war überhaupt keine Sportskanone. War ihr ein Hügel zu steil, was eigentlich immer der Fall war, schnallte sie die Bretter ab, ließ sie den Hang runter sausen und rutschte auf dem Hintern hinterher. Überall wo sie langgerutscht war, sah man tiefe und platt gewalzte Furchen im Schnee.

Nach jeder Skistunde waren unsere Schals und Mützen feucht, durch die zahlreichen Kontakte mit dem Schnee, worauf wir sie in Zimmer 2 auf die Heizungsrohre legten. Am nächsten Morgen waren die Unterseiten dann knusprig braun. Die Rohre waren wohl doch etwas zu heiß!

Andreas entwickelte eine große Vorliebe für Katrin, und beim Abendbrot versuchte er sie mit Zukunftsplänen zu unterhalten:

"Ach Schätzchen, wir werden 5 Kinder haben, mindestens!"

Katrin erklärte sich einverstanden; es sollten aber nur adoptierte Babys aus Afrika sein, worauf Andreas sie erst mal in Ruhe ließ.

Während unseres Aufenthaltes am Sonnenberg feierten wir zwei Feten. Eine nur so und einmal Fasching. Die wenigen Verkleidungen waren interessant: vom verrunzelten Opa über Hippie bis zu Vampir und Ölscheich war alles dabei. Acker ging als Clown, was ihr sehr gut stand. Bei den Mädchen, die keine Verkleidung hatten, sollte ein neuartiger Glam-Lippenstift Interesse wecken, was uns Jungs jedoch kalt ließ. Trotz der leisen Musik aus Kassettenrecordern hatten wir einen Mordsspaß. Bemerkenswert war auch noch das Geländespiel, in dem wir in Gruppen die sogenannten "Schneewittchen-Klippen" aufsuchen sollten, und eine wunderbare Skiwanderung mit einem irren „Gemetzel" auf einer steilen (schwarzen) Piste, bei der nur wenige mit angeschnallten Brettern unten ankamen.

Besondere Karriere machte Dirks Stofftier

„Die Ratte". Sie wurde das Opfer zahlreicher Schlägereien und des Öfteren mit verschiedensten Puder- und Deo-Sorten behandelt, wonach sie heute noch stinkt. Bei der Abfahrt hatten wir zahlreiche, nette Erinnerungen und Fotos im Gepäck.

Zurück im Schulalltag erwartete uns Rolf mit einem neuen Outfit: Stoppelfrisur. Dadurch wirkte sein Kopf noch aufgeschwemmter, aber sein Körper etwas schlanker. Diesmal versuchte er die Aufmerksamkeit auf sich zu lenken, indem er Eicheln aß. Deshalb wurde er fortan als Wildschwein bezeichnet, was ihn abermals zu zahlreichen fiesen Attacken veranlasste. Der Rest des Schuljahres zog sich unendlich lange hin. In den Osterferien wurde der Klassenraum frisch gestrichen und die Schränke verschlossen, diesmal wurden sie zugeschraubt. Nach den Ferien war Rolf genauso wie vorher. In Erdkunde und Französisch kamen wir kaum noch voran, weil Frau Klug ständig über Rolf und unseren schlechten Ruf klagte.

Andreas hatte in der Klasse große Tauschgeschäfte eingeführt. Mit den Worten „Hier hast du deinen Scheiß", gab er BCR-Berichte aus der Bravo und anderen Magazinen an die entsprechenden Fans in der Klasse weiter und bekam dafür im Gegenzug mit den Worten „Hier hast du deinen Scheiß" ABBA-Berichte. Seine Materialsammlung füllte ganze Ordner, und was er doppelt hatte, landete bei mir. Antje, die wegen ihrer wiehernden Art zu lachen damals auch „Pferdchen" genannt wurde, ärgerte Andreas am meisten und bezog fast täglich Hiebe, wenn sie über seine Idole, die vier flotten Schweden, spottete.

Am Ende des Schuljahres wurde ein Elternabend veranstaltet, zu dem auch wir Schüler eingeladen waren und einige Programmpunkte gestalten sollten. Frau Klug verkündete, dass die ganze Klasse versetzt sei. Außerordentliche Attraktionen dieses Abends waren ein Diavortrag unserer Sonnenbergfahrt und ein Auftritt der Gruppe „The Penguins". Diese bestand aus Susanne, die ganz ordentlich Gitarre spielte, sowie Berit und Andrea. Die Texte waren selbst gedichtet in englischer Sprache. Alle Mädels waren ausnahmslos BCR-Fans. Ich kann nicht sagen weshalb, aber ausgerechnet ich wurde zu ihrem Manager auserkoren, wie es sich für eine ordentliche Popgruppe gehörte. So fanden einige Proben im Partykeller unseres Hauses statt, der reich dekoriert war mit ABBA-Postern. Ich besaß damals sogar den original ABBA-Starschnitt aus der Bravo in Lebensgröße! Aufgeklebt auf eine Sperrholzplatte, die Konturen mühsam ausgesägt per Hand mit der Laubsäge! Bei dem Song „Touch me as fast as you can" wurde vereinbart, dass Andrea dazu leise stöhnt (war nicht meine Idee!). Das machte sie auch ziemlich gut, ihr wurde nur immer schwindelig dabei und sie musste sich festhalten. Also traten die „Pinguine" zum großen Abschlusselternabend ohne den Song „Touch me" auf, wurden aber dennoch von der Klasse gefeiert. Die Sommerferien konnten kommen!

Klasse 8e

Mit dem Start des neuen Schuljahrs wechselte wir auch unser Englischlehrer. So wenig wir bei Miss Parsonage auch gelernt hatten, sie war dennoch ganz nett gewesen. Nie werde ich zum Beispiel vergessen, wie ich mich in der Weihnachtszeit zu Beginn ihrer Stunde mit Andreas im Schrank verkrochen hatte, während wir dabei laut „Jingle Bells" sangen und sie mit säuerlichem Gesicht die Fehleintragung aus dem Klassenbuch strich.

Solche Späße durften wir uns nun nicht mehr erlauben, denn unser neuer Englischlehrer wurde Herr Drosenmeier, später auch „Drösi" genannt. Wir kannten ihn von den strengen Pausenaufsichten. Als er nun zum ersten Mal unser neues Klassenzimmer – nun Raum 41 – betrat, wussten wir anfangs gar nicht, was er von uns wollte. Er stand demonstrativ hinter dem Pult und blickte uns prüfend mit seinen raubvogelartigen Augen an.

„Aufstehen", sagte er mit knarrender Stimme und machte eine entsprechende Handbewegung.

„Wenn ich in die Klasse komme, habt ihr zu stehen!" Er räusperte sich und sagte gesittet:

"Good morning everybody".

Schweigen. Ein paar Mädchen flüsterten ehrfürchtig: „Good morning". Ganz hinten gähnte jemand und Jürgen gab ein zünftiges "Moin" von sich. Herr Drosenmeier strich sich

einige Strähnen seines dunklen, von Pomade glänzenden Haares aus dem Gesicht und kratzte sich seine Adlernase, ehe er die Hände wieder faltete. „Na, was ist?"

Schweigen.

„Also wenn ich „Good morning" sage, habt ihr mit einem zünftigen „Good morning, Sir" zu antworten, ist das klar?".

Er machte sich ziemlich lächerlich damit, denn kein anderer Lehrer an unserer Schule verlangte solche altertümlichen Sitten. Aber wir hatten uns bald daran gewöhnt, auch an seine „Strichmethode". Dies bedeutete: Für eine nicht erledigte Hausaufgabe gab es von ihm einen Strich, und wer drei Striche hatte, bekam einen Brief an die Eltern nach Hause geschickt. Sehr unangenehm! Aber auf diese Art verschaffte er sich Respekt und Anerkennung. Uns brachte er zum Fleiß. Dadurch lernten wir in Kürze allerhand.

Ehe ich's vergesse: ABBA-Fan Andreas war dieses Schuljahr nicht mehr bei uns. Nachdem er bemerkt hatte, dass er das siebte Schuljahr nicht schaffen würde, war er rechtzeitig zur Realschule übergewechselt. Mein neuer bester Kumpel wurde „Bifi" alias Markus. Er konnte zwar ABBA nicht viel abgewinnen, öffnete mir aber unvoreingenommen den Horizont für andere interessante Rock- und Popmusik. Auch in technischen Dingen lagen wir auf einer Wellenlänge. Somit war ich die ersten Stunden des neuen Halbjahres erstmal beschäftigt. Frau Klug störte diese Beschäftigung jedoch, sodass sie mich neben die beiden ständig streitenden Antjes setzte (wir hatten tatsächlich zwei Antjes in der Klasse!). Sehr viel mehr Ruhe erzielte sie dadurch allerdings nicht, denn besonders mit Pferdchen stritt ich mich andauernd. Bei Arbeiten jedoch ließ sie mich öfter mal abschreiben, was meinem Notendurchschnitt etwas zugute kam.

Die folgenden Seiten sind MC gewidmet, die mich in diesem Schuljahr um einiges mehr nervte, sodass ich mehr als einmal frei nach Loriot vor mich hinmurmelte: „Eines Tages bringe ich sie um...!" Wenn wir in ihren Stunden schriftliche Arbeiten zu erledigen hatten, stolzierte sie in ihrer geschmacklosen Kleidung wie eine alte Glucke vor uns hin und her, um ja keine falsche Bewegung ihrer Küken zuzulassen. Während wir arbeiteten, betrachtete sie jeden von uns heimlich und grinste dabei vor sich hin, sodass ihr belegtes Zahnfleisch sichtbar wurde. Ertappten wir sie dabei, fragte sie irritiert: „Is` was?", oder: „Wen soll ich denn sonst angucken?". Dann hob sie den Kopf und glotzte den Nächsten an. Des Öfteren wurden auch unsere Hefte von ihrem nervösen Blick gestreift. Dann brüllte sie auf einmal in die Klasse: „Das ist ja völliger Blödsinn, was du da schreibst!". Schließlich war ja nur das richtig, was sie sagte, man bedenke! MC hatte keinerlei Sinn für Humor. Für einen kleinen Scherz flog man gleich raus aus dem Klassenzimmer. Dabei regte sie sich dann immer fürchterlich auf, was sie noch lächerlicher machte, und es wurde uns zum Vergnügen, sie zu ärgern. Jan flog mehrmals wegen seiner Bemerkungen raus. Einmal sagte er zum Beispiel:

„Wer doof ist, muss auch dafür büßen".

Wenn es darum ging, MC eins auszuwischen, war ich immer voll dabei, denn in der Garderobe war es allemal interessanter als in ihrem Unterricht. So kam es, dass ich mich absichtlich unanständig benahm, ihren Unterricht mit Bemerkungen von Otto Waalkes und Dieter Hallervorden störte, aß, rülpste,

Romane hervorholte und vor ihren Augen las, oder sie duzte. Sie begann dann immer, mich zu erpressen:

"Hör damit auf, oder du gehst raus!", woraufhin ich jubelnd in die Garderobe tänzelte. Meine mündliche Note wurde dadurch mangelhaft und die Anzahl der Eintragungen im Klassenbuch ergaben schon fast zweistellige Zahlen. Eine Fünf in Deutsch mündlich! Das gab Stress zu Hause und führte zu dem unbeliebten Elterngespräch...

Jürgen war mein härtester Konkurrent, wenn es darum ging MC zu ärgern. Er nörgelte ständig an ihrem Unterricht herum, obwohl er nicht gerne in die Garderobe ging. Und wenn es einmal so weit war, redete er zu ihr wie zu einem Kumpel:

„Was'n los, ey?"

Einmal wollte auch Jürgen gerne nach draußen. Er hatte am Tag zuvor Kekse selbst gebacken und wollte eine volle Dose mit in die Garderobe nehmen, womit er bei MC natürlich auf Riesenprotest stieß. Woraufhin er schließlich die Köstlichkeit nicht essen, sondern nur noch an sie denken durfte.

Einmal haben wir die Nerven von MC ziemlich stark strapaziert. An einem regnerischen Tag hatte Markus vorsorglich eine zweite Hose in die Büchertasche gesteckt. Da sein Beinkleid nach dem Schulweg völlig durchnässt war, hängten wir es vor der Deutschstunde zum Trocknen an einem Haken an der Decke auf. Die zweite Hose, die er zwischenzeitlich angezogen hatte, krempelte er sich so hoch wie es nur eben ging und schnürte sich seinen Parka um die Lenden. Ein Nichtsahnender musste nun annehmen, dass er überhaupt keine Hose oder allenfalls seine Unterwäsche anhatte. MC kam bereits völlig entnervt in der Klasse an. Dass sie danach drei Minuten lang versuchte, die Tür zu schließen, in deren Rahmen ich ein Stück Kreide gelegt hatte, machte ihre Laune auch nicht besser. Und dann noch dies! Die ganze Stunde über war sie sehr nervös und schien nicht so recht zu wissen, was sie sagen sollte. Am nächsten Tag fehlte Frau Meyer-Clausnitz.

Frau Hemje-Altmann

Unsere neue Geschichtslehrerin hieß Frau Hemje-Altmann. Hierzu muss ich gleich eine Bemerkung machen, die die Klasse wohl sofort kritisieren wird, die aber gerechtfertigt ist, und deren Tatsache bestimmt schon von vielen Schülern festgestellt wurde: Ich glaube von einem BH hatte sie noch nie etwas gehört... Ziemlich bald hatte sie den Spitznamen "Schlappebusen" weg, der, wie ich schamerrötend zugeben muss, von mir stammt. Diejenigen, die dieses anstößige Wort nicht in den Mund nehmen wollten, nannten sie bei ihrem Vornamen, Heidi. Ihr Unterricht war weitaus anspruchsvoller als der von Frau Muschnik, wurde aber aufgrund ihres ebenso schlechten Durchsetzungsvermögens meist für andere Aktivitäten genutzt. Markus führte sich

Horrorromane zu Gemüte, Dirk konstruierte Raumschiffe, Jens las Perry Rhodan, Rolf spielte Kino, Jürgen zählte oder drehte Zigaretten und der Rest machte bereits Hausaufgaben für die anderen Fächer. Wir hatten auch so eine Phase, in der wir bereits zu Hause ein Arsenal an Papierkrampen anfertigten, um uns im Geschichtsunterricht damit zu beschießen - allen voran Rolf. Einige Jungs bauten sich richtige Festungen aus Schreibmappen und Büchern um ihren Platz. Sobald Heidi sich umdrehte, um etwas an die Tafel zu schreiben, wurden die Gummibänder gezückt, die Krampen flogen und das Gekicher ging los. Was für ein Spaß! Es waren unglaubliche Schlachten, die da ausgefochten wurden! Niemand kann mir erzählen, dass Heidi davon nichts mitbekommen hat...

In dieser Zeit entdeckte ich zunehmend ein gewisses neues Talent an mir: das Dichten. Zumal ein geschickt angelegter Reim doch immer zur Belustigung der Klasse beitragen konnte. Die Lehrergedichte fasste ich in einem Diktatheft fein säuberlich zusammen; nachfolgend möchte ich einige Beispiele im

Zusammenhang mit der Beschreibung unserer Lehrkörper in meine Geschichte einfließen lassen. Und da es gerade passt, beginnen wir doch einfach mit Heidi:

Es steht in der Glastür das Heidilein,
sie ist nicht sehr schön und auch nicht sehr klein.
Die Rechte im Kaffee, die Linke am Knauf,
rüttelt sie kräftig und Bifi macht auf.
Da sitzt sie nun schlürfend, wir sehen sie an,
trotzdem wird´s nicht leiser, wofür sie nichts kann.
Bis es endlich still wird beschreib ich sie so:
Sie war nicht grad sexy doch auch nicht oho.
Ihr Mund war sehr breit und ihr Hals war sehr lang,
ein tiefes Organ aus dem Schlunde erklang.
Die Bluse war dreckig, die Hosen zu weit,
sie war etwas albern und tat sehr gescheit.
Da war etwas an ihr, das hing ziemlich tief,
was, darf ich nicht sagen sonst krieg ich `nen Brief.
Ich sag es trotzdem, weil man mich sonst nervt,
und rings um mich seine Blicke verschärft.
Es sind ihre Haare, ja so muss es sein,
dacht jemand was anderes, so ist er ein Schwein!

Innerhalb der achten Klasse wechselten wir zweimal den Sportlehrer. Anfangs hatten wir Herrn Schlunz, dieser wurde abgelöst von dem

Referendar Herrn Schröter und der wiederum von Herrn Zwickel. An Herrn Schlunz sollten sich manche Lehrer ein Beispiel nehmen. Er konnte sich durchsetzen, verlangte Leistung und hatte Humor. Montags hatte er immer Hofaufsicht und musste auch dafür sorgen, dass sich niemand mehr in den sogenannten Mobilbauten aufhielt, in denen wir nach der Pause Mathe hatten. Das waren zwei Gebäude aus Fertigbauteilen, die man aus Raummangel mitten auf den Schulhof gesetzt hatte. Seinen guten Humor nutzten wir schamlos aus. Um uns vor ihm zu verstecken kletterten wir beispielsweise mit bis zu sechs Mann auf die Klobrillen zweier Toiletten und stellten das Wasser für die Spülung ab, damit wir uns an der Strippe festklammern konnten. Man konnte nämlich normalerweise durch den Spalt unter der Tür sehen, ob jemand auf dem Klo war; nicht aber wenn wir auf der Toilette standen! Herr Schlunz verließ auf seinem Kontrollgang die WCs meistens ohne uns, weil er ja die Füße nicht sah.

Der Sportunterricht war bei ihm sehr anstrengend. Rolf stellte auch die Geduld von

Herrn Schlunz auf die Probe. Einmal warf er einen Korbballständer nach Markus, weshalb er nicht nur von diesem Prügel bezog, sondern außerdem von Herrn Schlunz für vier Wochen vom Sportunterricht verbannt wurde. Diese Zeit tat uns sehr gut.

Kunst war in diesem Schuljahr vom Stundenplan verschwunden, dafür gab es Werken, zumindest für die Jungs. Herr Preis stellte uns das Thema frei. Vier Leute wollten töpfern, der Rest Kugelbahnen löten. Dazu sollte zunächst ein Quader aus dicken Drähten gelötet werden, die Bahn für die Murmeln konnte dann darin nach eigener Phantasie erstellt werden. Mario gelang es damals, die schönste Bahn zu gestalten. Er hatte aber das Pech, dass Rolf an seinem Tisch saß, der die Bahn aus Neid zerstörte, woraufhin er auch vom Werken für zwei Wochen ausgeschlossen wurde. Eine eigene Kugelbahn brachte Rolf nicht zu Stande, weil er es vorzog, im Raum herum zu wandeln und Quatsch zu machen. Als Herr Preis dabei einmal die Geduld verlor und ihn anschrie, knallte Rolf seinen Lötkolben auf den Boden. Dafür bekam er von Dr. Dübel den

Auftrag, den Schulhof zu säubern. Darüber rissen natürlich alle anschließend ihre Witze. Daraufhin packte Rolf wütend einen schimmligen Apfel und warf ihn auf den Nächstbesten. Schließlich war es Jürgen, bei dem der Apfel auf den Rücken klatschte und dem die braune Soße mit der pilzigen Schale über die Büchertasche lief. Ganz cool, wie es so seine Art war, kehrte er um und ging langsam auf Rolf zu. Diesem wurde mulmig und er drohte: „Ich bring dich um! Ich bring dich um!" Daran zweifelte keiner, als wir sahen, wie er Jürgen mit der Papierzange zum Auflesen der Abfälle entgegen kam. Doch kurz darauf entspannte sich die Situation etwas und wir konnten bereits darüber lachen, wie Rolf von Jürgen verdroschen, und nach der Prügelei auch noch mit dem eingesammelten Schulhofmüll überschüttet wurde. Für Jürgen war dieser Anblick der Anlass zur Kreation eines neuen Schimpfworts, das sein „Afterleck" ablöste: „Du ranziger Bratschuh!"

Der Werken-Unterricht bei Herrn Preis verhalf einigen von uns zu ganz besonderen Erlebnissen. In einem unbeobachteten Moment konnten wir den Kunst-Vorbereitungsraum der Lehrer inspizieren. Da fanden wir ein Auto aus Gips, welches für den Antrieb mit einem Raketentreibsatz vorgesehen war. Die passenden kleinen Treibsätze lagen gleich daneben. Begeistert ließen wir jeder einen davon mitgehen; Dirk, Markus, Hörnchen und ich. Da wir uns gerade in einer intensiveren Perry-Rhodan-Phase befanden und allesamt das Electric Light Orchestra (ELO) verehrten, beschlossen wir, dass jeder von uns ein Raumschiff oder eine Rakete bauen sollte. Unser erstes Treffen war kreativ und von sehr vielversprechenden Abschüssen begleitet. Von da an trafen wir uns jeden Mittwoch, um unsere Konstruktionen den unendlichen Weiten des Weltalls anzuvertrauen. Die kleinen Treibsätze brachten einen Startschub von einem Kilogramm und einen Dauerschub von hundertfünfzig Gramm. Man konnte sie im Modellbauladen erst ab einem Alter von 18 Jahren kaufen. Jeder von uns hatte so eine Packung mit je zehn Stück von den Eltern bekommen, aber sie waren auf Dauer sehr teuer. Dirk schaffte Abhilfe. Sein Vater arbeitete für eine Spedition, die auch Silvesterfeuerwerk transportierte. Und dort waren hunderte von einfachen Silvesterraketen übriggeblieben. Er zerlegte die Raketen fachmännisch, sammelte die aus einem Schwarzpulver-Magnesium-Gemisch bestehenden Leuchtkugeln in einem großen Glas mit Deckel und verkaufte uns die Treibsätze für fünfzig Pfennig das Stück. So waren wir bestens ausgestattet und konnten jede Woche etwas abschießen. Es gab Modelle nur so zum Spaß, aber auch ernsthafte Ansätze, wie etwa eine Rakete zur Flughöhenmessung. Die guten und attraktiven Modelle durften dann nochmals mit einem teuren Treibsatz aufsteigen. Eine Rakete von Markus, die Conny1 (Markus benannte seine Raumfahrzeuge immer nach realen oder angestrebten Freundinnen), flog so genial und weit in die trüben Bremer Wolken, dass sie sich schließlich gänzlich unseren Blicken entzog. Wir rangen sogar Herrn Winterberg eine ganze Pause ab, um mit unseren Kenntnissen in Mathematik und seiner Hilfe eine Flugbahn zu berechnen. Die Flugversuche fanden meistens bei Hörnchen in

Sebaldsbrück statt. Hinter dem Haus seiner Eltern war dafür genügend Platz. Heute befindet sich dort die riesige Fabrik von Mercedes-Benz. Wir trafen uns jeden Mittwoch bis zum Ende der zehnten Klasse und die Raketen und Ufos wurden immer ausgefeilter. Es entstanden ein Hörspiel und zwei „Romane" aus meiner Feder, in dem die Akteure unseres Clubs die Helden waren. Die Treffen waren gesellschaftliche Events, bei denen auch zusammen gegessen, gefeiert und viel aktuelle Musik gehört wurde.

Herr Drosenmeier hatte uns nun schon näher kennengelernt und wir ihn auch. Zu Beginn unserer Zusammenarbeit klagte er öfters darüber, wie weit wir im Stoff zurücklagen. Aber durch seinen Ehrgeiz und seinen verlässlichen, zielgerichteten Unterricht hatten wir schnell den Lernstand eingeholt, zu der uns Miss Parsonage hätte bringen müssen. Manchmal hatten wir sogar Spaß bei ihm, wenn auch nicht gerade über seine feinen englischen Witze, über die er selbst am meisten lachte. Er schien zu uns immerhin so viel Vertrauen gefasst zu haben, dass er die Klasse fragte, ob nicht jemand an einem Theaterstück mitwirken wollte. Herr Drosenmeier leitete nämlich nebenher die Theater-AG der Schule und hatte für den Schwank von Curt Goetz „Der Lügner und die Nonne" noch eine Rolle zu vergeben. Da ich den Künsten im Allgemeinen sehr zugetan war, meldete ich mich freiwillig und bekleidete fortan die Rolle eines Abbé. Die Kostüme stammten aus dem Fundus des Bremer Theaters und der Bremer Weserkurier berichtete über das Stück sogar mit Szenenfoto!

Viel Spaß in der Klasse hatten wir stets mit Mary. Sie war immer ziemlich begriffsstutzig und sagte dann regelmäßig: "Das kapier ich nicht!" Die Art, wie sie das rüber brachte war so grundehrlich, dass sie die Herzen der Lehrer eroberte und diese zu Ehren von Mary alles noch einmal erklärten, wovon auch andere profitierten. An einem Tag hatte sie bei Drösi beim dritten Mal noch nichts kapiert. Da sagte sie in Gedanken versunken: „Na Sie sind mir so ein Heini!" Hätte er dies auf Anhieb verstanden, wäre eine mittelschwere Katastrophe ausgebrochen, nicht nur, weil sein wirklicher

Vorname Heinz war. Einmal kam es bei ihm auch zu einem, Drama, natürlich durch Rolf. Es hatte vor Drösis Stunde eine Schlägerei mit ihm gegeben, der er unterlag, und nun wollte er zur Begrüßung nicht aufstehen. Da lief Herr Drosenmeier rot an und brüllte ihm solche Drohungen entgegen, dass Rolf sich dann doch zitternd erhob. So kauzig Drösi auch war, er hatte einfach jede Lage voll im Griff – Respekt!

Ich habe mich übrigens auch mal mit Rolf geprügelt. Aber als ich dabei gerade die richtige Betriebstemperatur erreicht hatte, funkten Markus und Frauke dazwischen, die zu dieser Zeit beide Klassensprecher waren. Ich fand es gemein, sah dann aber später doch ein, dass ich nur einmal hätte richtig treffen müssen und Rolfs Gegenschlag hätte mich mindestens zwei Zähne gekostet. Markus führte überhaupt sehr harte Regeln ein. Auf Anordnung von Frau Klug sollte er sich jede Untat notieren. So war er in den Pausen immer am Schreiben: Rolf ärgert Mädchen, Rolf beschmiert Tafel, Rolf wirft mit Schwamm, Rolf kippt Taschen aus. Nur manchmal stand da etwas anderes wie: Jan verwüstet Andreas Frisur, oder: Mary verteilt Hiebe.

An einem Tag haben wir uns fast nur mit Rolf gekloppt. Erst kippte er Markus Tasche aus, woraufhin ihm dieser eine ballerte. Dann warf er Jürgen beinahe die Treppe runter, wofür er von ihm ebenfalls Schläge bekam. Als er versuchte, sich mit einem Angriff von hinten an Jürgen zu rächen, wurde er gleich noch einmal fertiggemacht.

Aber dann, endlich - mit dem Halbjahreswechsel flog Rolf von der Schule. Wir waren darüber zwar froh, aber jetzt war kaum noch etwas los und die Ruhe war viel zu ungewohnt. Michael erzählte uns, dass ihn ein Freund aus Rolfs neuer Schule gefragt hat, was wir denen denn für einen Idioten geschickt hätten, und dass es Rolf dort nicht besser ginge als dereinst bei uns. Aber das war nun sein Problem. Schließlich hatten wir uns ja auch anderthalb Jahre mit Rolf herumgeärgert. Erfreulich war jedenfalls, dass der Geruch nach faulen Eiern verschwunden war, kleine Schüler keine Knallkörper mehr vor die Füße geworfen bekamen, die neuen Fensterscheiben und Lampen heil blieben und dass sich unser Ruf unserer Klasse sehr schnell besserte. Außer Rolf verließ uns noch Mary, weil sie zurück nach Ghana flog.

Abwechslung wurde rar. Unsere erste Referendarin in Erdkunde, Frau Ebeling, langweite nicht nur durch ihren Unterricht, sondern auch optisch, denn sie sah aus wie ihr eigenes Gespenst. In Sport wurde die Klasse fortan getrennt nach Geschlecht. Wir Jungs hatten nun in Herrn Zwickel, ein gutmütiges, bärtiges Kerlchen, der uns zwar sehr forderte, aber sonst ganz in Ordnung war. Habe ich noch etwas vergessen? Ach ja! Ich erwähnte anfangs, dass die Beliebtheit Andreas nur auf einem optischen Umweg möglich war. Nämlich dem, dass sie sich eine Sauerkrautwelle ...äh, ich meine natürlich eine Dauerwelle, frisieren ließ und dazu eine Baskenmütze aufsetzte. Das war vielleicht modisch der letzte Schrei aber zuerst für uns alle sehr ungewohnt. Markus` Kommentar dazu: Schocktherapie wäre gut gegen Stress.

Gegen Ende des Schuljahres machten wir noch einen eintägigen Klassenausflug nach Helgoland, wo wir unserem neuen Ruf als

Der Autor beim Ersinnen neuen Blödsinns

Klasse mit Gaudi alle Ehre machten. Nun waren wir endlich eine Klasse wie jede andere. Oder doch nicht? Wir freuten uns direkt auf das neue Schuljahr.

Klasse 9e

Ich kam natürlich wieder zu spät, weil ich unseren neuen Klassenraum nicht fand. Es war Raum 51. Als ich ihn schließlich erreichte, fielen mir sofort zwei große, kräftige Burschen in der letzten Reihe auf, Kai und Frank, die eher wie Oberstufenschüler aussahen. Das waren wohl die angekündigten neuen, die die neunte

Klasse wiederholten. Dann waren da noch drei Zugezogene: Siegfried, Claudia und Hannelore. Anfangs wirkten sie noch wie Fremdkörper in der Klasse und es gelang uns zunächst nicht so recht sie in sie in die Klassengemeinschaft aufzunehmen. Hinzu kam auch ein neuer Lehrer für Chemie, Herr Netsch, auf den ich noch zurückkommen werde. Gleich zu Beginn des Schuljahres machten wir eine dreitägige Fahrt nach Dötlingen ins Schullandheim. Als Begleitperson wählten wir den allgemein anerkannten Herrn Zwickel aus. Dieser hatte mit Frau Klug die Regeln der Fahrt festgelegt, wie zum Beispiel, dass kein Tropfen Alkohol darf im Gepäck sein durfte. Wir hatten ja auch alle nichts dabei, sah man mal von dem Flachmann und der Apfelkornflasche ab, die Jürgen verbarg. Das Zimmer, das ich mit Markus, Kai, Frank, Dirk, Fuzzi, Jürgen und Jens teilte, lag sehr günstig: links ein Mädchenzimmer zum Amüsieren, rechts ein Jungenzimmer mit „den Ossis" für die Kissenschlachten. Und schräg gegenüber war das Zimmer von Herrn Zwickel, damit das Ganze etwas spannender wurde. Herr Zwickel bevorzugte lange Wanderungen, obwohl er ständig Schwierigkeiten hatte, den richtigen Weg zu finden. Wenn wir davon zurückkamen, hatten wir einen fürchterlichen Hunger. Doch den einen schmeckte das Essen nicht und den anderen reichte es nicht, weil sie am Ende der Tafel saßen und bei ihnen nur fast leere Schüsseln ankamen, sodass sie noch ziemlich hungrig vom Tisch aufstanden. Am ersten Abend war es sehr gemütlich. In unserem Zimmer kam in jedes der Betten noch ein Mädchen zum eigentlichen Besitzer gekrabbelt. Manchmal waren es auch zwei ...

Die Kissenschlachten gab es erst gegen Nacht. Am nächsten Morgen war in unserem Zimmer ein fürchterlicher Gestank, weil ich in der Nacht versehentlich vergessen hatte, die Tür zu schließen. Unter uns befanden sich nämlich die Toiletten, wonach das ganze Zimmer roch. An diesem Vormittag führte uns Herr Zwickel auf eine noch längere Wanderung und wieder standen nach dem Mittagessen einige hungrig vom Tisch auf. Nachmittags brachte ich mit Jürgen und Fuzzi die gesamte Scheune eines Bauern durch Kriegen spielen durcheinander. Am Abend machten wir eine Fete, auf der ich zu später Stunde eiskalt geduscht wurde, weil ich am Morgen den Küchendienst verschlafen hatte. Nach der Fete misslang Markus, Jürgen, Fuzzi und Kai der Versuch, die Speisekammer zu öffnen. Jürgens mitgebrachter Dietrich, Susi nannte man ihn, passte überall, bloß nicht dort. Das Einzige, was es zu ergattern gab, waren rohe Kartoffeln und Gewürze aus dem Tagesraum. Das ungekochte Gemüse wurde also mit Dirks Taschenmesser geschält, ausreichend mit Pfeffer, Salz und Maggi gewürzt und scheinbar mit Genuss verzehrt. Wir entwickelten während dieser Zeit überhaupt eine große Vorliebe für rohes Obst und Gemüse, wie zum Beispiel einige dicke Steckrüben, die wir von einem Acker mitbrachten. Doch als der Appetit schwand, wurden sie als Wurfgeschosse benutzt. Jürgen traf Dirk an einem äußerst intimen Körperteil und Antjes Gemüse landete in einer Fensterscheibe, die dabei zu Bruch ging. Als wir dann zurück nach Bremen fuhren, klönten und stritten die neu Hinzugekommenen mit uns, als ob sie schon ewig zu uns gehörten. Kai wurde aufgrund kreativer Ideen sofort in unseren Raketenclub aufgenommen und wurde innerhalb kürzester Zeit prägend für diese Gemeinschaft. Seine Konstruktionen waren stets gut fliegende, edle Designstücke. Mit Herrn Zwickel verstanden wir uns so gut, dass er mich zu einem Gedicht inspirierte, indem ich ihm quasi das Du anbot. Eigentlich ist das ja Sache des älteren Gegenübers, aber Hans-Peter Zwickel gehörte zu den jungen Alternativen unter den Lehrern, die einem nicht schnell sowas krummnahmen. Er spielte wunderbar mit.

Mein lieber Hans, nun ist´s soweit,
jetzt schreibt der Matt dir ganz gescheit
was er noch heute von dir hält,
welch Mensch du bist auf dieser Welt.
Um zu erklären dieses Glück
Erinnre dich doch mal zurück!
Vor rund zwei Jahren hieß es dann:
„8e hat Sport beim neuen Mann!"
Das warst dann du, wer hätt `s gedacht?
Du hast auch viel mit uns gemacht.
Dennoch wollen wir nicht vergessen:
Wenn wir gerannt hast du gesessen!
Du ließest uns rennen manche Runde,

links, rechts, schneller, noch `ne Runde!
Du ließest uns ums Plätzchen laufen,
doch kaum Minuten zum Verschnaufen.
Beim Rugby ließest du uns raufen
Und beim Schwimmen halb ersaufen!
Nun, wie egal ist alles doch,
schließlich leb´ ich heute noch.
Wenn du auch einst warst ein Sadist,
du heute doch ganz anders bist.
Wer `s nicht sah, der wird ´s nicht glauben,
doch ich sah`s mit eignen Augen:
Du bist nicht mehr der böse Vater
Vom wohlbekannten Muskelkater.
Bist stets dabei bei Sport und Spiel
Und bietest deinen Schülern viel.

Und du bist auch, wie ich das seh`
Auf Klassenfahrten ganz o.k.
Als in einer Dötlingsnacht
man mich geduscht, hast du gelacht!
Doch wär man so mit dir verfahrn,
hätt` ich das wohl auch getan!
Als ich mit Kumpels war einen heben,
kamst du und hast was ausgegeben.
Es war so gut, das kühle Bier,
dass ich nun sage „Du" zu dir.

Herr Reichhardt
und Herr Netsch

Wie bereits erwähnt wartete – zurück in der Schule – ein neuer Lehrer auf uns: Herr Netsch. Er war ein kleines Männlein mit einem runzligen, von Bartstoppeln übersäten Gesicht, dessen obere Hälfte von einer überdimensionalen Hornbrille bedeckt war. Sein Kopf hatte Ähnlichkeit mit einem Ei, das auf der Oberseite mit einer spärlichen Stoppelfrisur besiedelt war. Anfangs hatten wir Ärger mit ihm, weil er mit Fremdwörtern um sich warf, von denen wir noch nie zuvor etwas gehört hatten. Nachdem dieses Übel beseitigt war, stellten wir fest, dass er noch sehr kindlich war. Mitten im Unterricht erzählte er uns Geschichten aus seiner längst vergangenen Jugend oder er setzte sich auf einen freien Tisch und ließ die Beine baumeln. Jens sagte dann immer mit einem spitzbübischen Grinsen:

„Guck mal, er baumelt wieder!" Dirk war jedes Mal enttäuscht, wenn die Experimente von Herrn Netsch nicht in die Luft flogen.

Frau Hein hatten wir auch weiterhin in Bio. Sie führte ihren Unterricht sehr gut durch und wir konnten allerhand bei ihr lernen. Frau Hein hatte allerdings ein ausgesprochen gutes Gefühl dafür, wenn man nicht gelernt hatte, denn meistens kam man ausgerechnet dann an die Reihe.

Die Zeit verging wie im Fluge. Plötzlich waren wir schon im zweiten Halbjahr angelangt. Man merkte deutlich, dass wir nun schon zur älteren Schülergenerationen gehörten. Es flogen keine Stinkbomben mehr durch die Gegend, auch keine Kracher. Die einzige Ausnahme war Heidi. Was wir früher bei ihr mit Krampen und Gummibändern praktiziert hatten, geschah nun mit Kreidestücken und matschigen Apfelsinen. Beliebtes Ziel waren Kai und Frank, die sich gerne auf ihrem gut geschützten Platz in der hintersten Reihe verbarrikadierten. Wenn Schlappebusen – pardon – wenn Heidi sprach, war es mucksmäuschenstill, aber sobald sie sich umdrehte um etwas an die Tafel zu schreiben flogen die Fetzen, im wahrsten Sinne des Wortes. Ansonsten sahen wir dem Schulalltag ruhig und gelassen entgegen, abgesehen von denen die auf die Schnelle noch einige Hausaufgaben erledigen mussten. Das Abschreiben war nun generell sehr unbequem geworden, denn die Klassenräume konnte man nur noch von innen oder von außen mit einem Schlüssel öffnen. Waren die Türen nicht abgeschlossen, ließen sie sich allerdings mit einem Taschenmesser öffnen.

MC machte sich in dieser Zeit noch unbeliebter, als sie es ohnehin schon war. Sie nahm mit uns das Werk „die Judenbuche" durch; damals war Erörterung an der Reihe. In einer kleinen Vorübung sollten wir einen Aufsatz schreiben und ihn dann mündlich nacherzählen. Dabei amüsierten wir uns köstlich über Dirk, der puterrot vor Lampenfieber eine Geschichte erzählte, wie er einmal im Eis eingebrochen war und ihn die untere Eisschicht wieder aufgefangen hatte. Jürgen quatschte ihm ständig dazwischen:

„Wann kommt denn das Ufo? Haben dir die grünen Männchen rausgeholfen?"

Als sich Dirk schweißgebadet wieder hinsetzte und MC mit dem Unterricht weiter machen wollte, fragte Jürgen traurig:

„Was denn, kein Ufo?".

Mit MC habe ich mich mal fürchterlich gestritten. Ich füllte gerade eine der zerbrechlichen 0,5-mm-Minen in meinen Drehbleistift, da kam sie bereits entnervt in die Klasse und schlug mir gleich nach der ersten Aufforderung, sie wegzulegen, alles aus der Hand. Kein Wunder, dass ich sie daraufhin laut anschrie. Sie meinte strotzend vor Ironie: „Toll wie du das machst", und meinte, ich würde eine riesige Show abziehen und sie sei froh, dass nicht alle Schüler so wären. Auf meine Bemerkung, sie solle gefälligst meine Sachen in Ruhe lassen, schickte sie mich zu Herrn Dr. Dübel. In diesem Moment hasste ich sie so sehr, dass ich ernsthaft versucht war, sie nach der Schule versehentlich mit dem Fahrrad anzufahren. Herr Dr. Dübel war gerade nicht im Büro. MC schickte mich daraufhin in die

Garderobe; dort sollte ich eine Geschichte, die von einem Heiligen handelte, abschreiben. Da fiel mir von Otto Waalkes „Der heilige Hein" ein. Und weil ich wusste, dass sie die Arbeit sowieso nicht kontrollieren würde, begann ich zu schreiben: "Hein war ein Schlickrutscher. Und als er wieder mal so tierisch übern Schlick rutschte, hörte er eine Stimme: (tief) „Hein...!"

Es wurde zwar nicht mehr von mir verlangt, aber ich ging am nächsten Tag trotzdem zu Dr. Dübel. Ich fühlte mich ungerecht behandelt und wollte mich beschweren. Er sollte ruhig mal erfahren, was für eine schlimme, unfähige Lehrerin an seiner Schule auf die Schüler losgelassen wurde. In Wirklichkeit wollte ja niemand dieser Frau Schaden zufügen. Aber ihr Unterricht war so langweilig und verstaubt, sie hatte so wenig Gespür für die Jugend und was diese interessierte. Auch ihre Literaturauswahl war so ungeschickt und einschläfernd – es war geradezu eine Einladung ihr diesen Unmut auf jede erdenkliche Art unter die Nase zu reiben. Es reichte ihr nicht, von Theodor Fontane „Frau Jenny Treibel" zu lesen; nein, es musste danach auch noch „Effi Briest" sein. Zwei ellenlange, stinklangweilige Romane aus dem bürgerlichen Realismus des 19. Jahrhunderts! Meist ließ sie sich vorlesen und grinste dabei selig in sich hinein, als würde sie jede Liebschaft und jede Intrige selbst durchleben.

In Mathe hatten wir nun schon den zweiten Referendaren, der - im Gegensatz zum ersten - ein echter Reinfall war. Für sein Aussehen konnte er zwar nichts, aber er sah aus wie ein Clown, rote abstehende Haare, hohe Stirn und einen ungepflegten stoppeligen Bart. Er hieß Herr Böckel, allerdings konnte man von einem „Herrn" kaum reden. Wir nannten ihn Böcki oder Heribert, nach seinem ebenso trotteligen Vornamen. Während jeder Stunde, war es in Mathe oder Gemeinschaftskunde, spielte er immer mit der Kreide und schaute hilflos zu Herrn Winterberg oder zum Prüfer hinüber. Was er in zwei Stunden erklärte, dazu hätte Markus vielleicht eine viertel Stunde gebraucht.

Für Spaß sorgte auch des Öfteren unser Pult, an dem sich einige Schrauben gelöst hatten, sodass es kein Gewicht mehr aushielt. Und weil sich MC immer draufsetzte, hält das Pult ihren tonnenschweren Körper natürlich irgendwann nicht mehr aus. Die eine Flanke gab krachend nach und MC sank mit dem Klassenmöbel zu Boden. Zu jeder weiteren Stunde richteten wir das Pult wieder auf und präparierten es für einen weiteren Einsturz. Als nächstes litt Herbert, der natürlich ein dementsprechend weinerliches Gesicht machte. Zu gleicher Zeit hatte Herr Drosenmeier eine Verletzung am Bein, sodass er am Stock gehen musste. Ursache hierfür war allerdings nicht, dass er mit dem Pult zusammengebrochen war. In einer von Heidis Geschichtsstunden, die sich ja bekanntlich stets auch für andere Aufgaben nutzen ließen, fielen mir plötzlich ein paar Reime ein:

Es splittert, kracht, zu Boden schnellt
MC, als sie vom Pulte fällt.
Und Markus, dieser Superschlimme
Schreit mit hocherhobner Stimme:
„Mann wie hat das laut gekracht!
Hab ich das nicht fein gemacht?"
Nach des Weibes Sturz so schwer
War der Platz am Pulte leer.

Doch aus des Holzes Trümmerresten
gab Kai ein neues Pult zum Besten!
Denn wie`s 9E nun mal begehrt:
Als nächstes flog der Heribert!
Er rauft´ sich grad den roten Bart
wie er den Klassenraum betrat.
Da stand das Pult so gut wie neu,
er setzt´ sich drauf, ganz ohne Scheu,
es machte „Krach!", natürlich lauter,
er stand auf, zum Prüfer schaut´ er,
der hielt sich den Bauch vor Lachen:
Drösi könnt`s nicht besser machen!
Dieser kommt noch voller Reue
in die Klasse, diese scheue,
war durch die Reihen exerziert
und hat „Good Morning" dirigiert,
tat das Pult mal kurz berühren
und so den Unfall fabrizieren!
Seitdem sieht man Drösi hinken.
Mit einem Bein, dem linken.
Die Klasse war daran nicht Schuld –
Nur dieses gottverdammte Pult!

In der nächsten Zeit konnte ich meine große Leidenschaft fürs Dichten ausbauen. So entstanden noch ein weiteres, etwas ausführlicheres Pultgedicht und viele andere absurde Reime, die sich hauptsächlich mit Lehrkörpern auseinandersetzten. Das Ganze füllte immerhin handschriftlich ein komplettes Diktatheft mit dem Titel: „Das kleine Buch der Gedichte", welches bis heute an geheimem Ort aufbewahrt wird.

Gegen Februar verließ uns Frau Klug, allerdings nur vorübergehend. Etwa Mitte März erhielten wir einen Brief, dass sie einen „Kurzen" geboren hatte, wie sie ihr Kind liebevoll zu nennen pflegte. Erdkunde fiel in dieser Zeit bei uns aus. Aber in Französisch bekamen wir Herrn Reese, der - wenn er an uns vorüberzog - immer eine Wolke von unterschiedlichen Parfüm und Deosorten hinterließ.

Wir Jungs hatten dieses Jahr in Sport Herrn Sieling: ein kleines, stets braun gebranntes Etwas, das immer gerne zeigte was es konnte, besonders, was Saltos und Doppelrollen anging. Herr Sieling hatte einen ausgesprochen guten Humor. Wenn er einmal fluchte, was äußerst selten war, dann geschah dies auf Italienisch.

Zum Abschluss des Schuljahres wurde eine Projektwoche veranstaltet. Jeder Schüler durfte sich eins von etwa 30 aufgeführten Projekten aussuchen und dieses dann ausführlich betreiben. Die Interessen der 9e waren sehr verschieden. Man ging in die Militärgruppe und besuchte Kasernen oder beschäftigte sich mit der Entwicklung von Fotos. Ich war in der Gruppe Fahrradexkursion bei Herrn Sieling. Am ersten Tag bauten wir einen komplizierten Trainingsparcours auf dem Innenhof auf. Die Mädchen fuhren ihn zaghaft ab, die Jungs waren schon wesentlich tollkühner. Am besten wollte es natürlich Herr Sieling machen. Er eröffnete seine Künste mit einem Hochstart und versuchte alles so geschickt und elegant wie möglich hinzukriegen, wahrscheinlich, weil die Exkursionsgruppe vorwiegend aus Mädchen bestand. Das führte allerdings dazu, dass er sich scheppernd hinlegte. Er tat, als wäre nichts geschehen; ich glaube, er versuchte sogar verlegen, ein Lied zu pfeifen, während ringsum alle Fenster aufgingen, an denen lachende Schüler standen.

Mit einem zufriedenstellenden Abschluss der Projektwoche beendeten wir auch dieses Schuljahr und freuten uns darauf, uns nach den Ferien alle wieder zu sehen.

Da inzwischen die meisten Lehrkörper beim Leser eingeführt sind, machen wir nun zum Ende des Schuljahres ein kleines Ratespiel, wie es im „kleinen Buch der Gedichte" zu finden ist. Anhand der Reime ist stets der jeweilige Lehrer zu erraten.

Nur sehr schräg spielt er Klavier,
doch eines Tags, da haben wir
ihm Kleber auf das Ding gegeben,
sodass er blieb am Tone kleben.
Noch heut sind Spuren dieses Klebers
an den Händen von Herrn ... (Rebers)

Ne Lehrerin nicht gerade schlank,
macht recht oft einen auf krank.
Das ging mit uns auch ziemlich schnell,
denn sie kam an mit Wilhelm Tell.
Jetzt wisst ihr schon, wie ich das seh.
Gemeint ist wohl ganz klar ... (MC)

Die Fotos in dem Buche hier
stammen allesamt von mir.
So bat ich auch mal Reichhardt drum:
„Hol Herbert für ein Foto rum!"
Doch kaum gesagt, schon macht es „Queetsch!"
Die Tür geht auf, es kommt Herr ... (Netsch)

Verhütung ist des Laues Lust,
das haben wir schon lang gewusst.
Doch Muskeln, Knochen, wie ich mein,
nahmen wir durch bei Frau ... (Hein)

O.k., Herrn Lau werden wir dann erst im nächsten Schuljahr kennen lernen.

Wer dies Gedicht niemals vergißt
und auf uns eifersüchtig ist
der leiht sich unser Pult mal aus
es ist das beste im ganzen Haus......

**Originalskizze aus dem
"Kleinen Buch der Gedichte"
zum Thema "Pult"**

Klasse 10e

Bevor ich jetzt mit dem Schulalltag beginne, möchte ich noch erwähnen, dass Siegfried Wolfgang und Hannelore das neunte Schuljahr nicht schafften, Wolfgang auf die Haupt-, und Jürgen auf die Realschule überwechselte. Ohne Jürgen war es natürlich anstrengend für uns die nötige und gewohnte Gaudi herzustellen.

Wir hatten zunächst lediglich drei Tage Schule, an denen nur Herr Winterberg und natürlich Herr Drosenmeier planmäßigen Unterricht machten. Gleich darauf traten wir eine einwöchige Fahrt nach Langeoog an, gemeinsam mit der 10b, der Klasse von Hans-Peter Zwickel. Erst per Zug und Bus nach Bensersiel, dann per Schiff nach Langeoog. Von dort aus mit der Inselbahn in die Stadt und schließlich zu Fuß zur Herberge, Haus Meetland. Das erste Ziel der meisten nach dem Auspacken war eine nahe Imbissbude, denn die erste warme Mahlzeit war erst für den Abend angekündigt. Man besichtigte die Stadt, erkundigte sich nach Kneipen und Discos und amüsierte sich am Strand. Dabei lernte ich erstmals die Schlagkraft von Andrea kennen. Sie hatte mich nassgespritzt, sodass ich ihr hinterher rannte um mich zu rächen. Ich bekam aber nur die Bikinihose zu fassen, woraufhin Andrea einmal ausholte und ich im Sand lag.

Der erste Abend wurde mit einer Strandfete gefeiert. Kerzenlicht, Knabberzeug und warmes Bier brachten mit Hilfe von Kassettenrecordern die Stimmung langsam in Gang. Wir hörten Supertramp, Alan Parsons Project, Jean-Michel Jarre, ELO und Barclay James Harvest. Für einen Freund der Dichtkunst wie mich wäre dieser Abend eigentlich ideal gewesen: Klarer Himmel, warmer Sand, frischer, nach Salz duftender Wind, Vollmond und das Rauschen des Meeres - wunderbar! Aber ich bleibe vorerst doch lieber bei Lehrergedichten.

Die Reihenfolge der folgenden Geschehnisse weiß ich nicht mehr ganz so genau. Natürlich erfreute uns Herr Zwickel wieder mit Wanderungen, aber auch mit einem

Geländespiel, in dem er uns mit den verrücktesten Fragen über die halbe Insel jagte, darunter welche, die er selbst nicht einmal beantworten konnte. Zum Beispiel steht in keinem Lexikon etwas über "Knicum". Die Siegergruppe erhielt nachher einen fast vertrockneten Topfkuchen.

Das Wetter war so herrlich, dass wir uns tagsüber vorwiegend am Strand tummelten. Markus fand eine kleine Schaufel und das Kind im Manne ließ ihn anfangen zu buddeln, was von mindestens sechs Leuten aufgegriffen wurde. So entstanden hohe Gebäude, Gebirge, Täler, Tunnels, Straßen und Highways. Nach der Fertigstellung machten wir uns im Wasser etwas nass und sprangen fast gleichzeitig auf unser prunkvolles Panorama, sodass von oben bis unten der Sand an uns klebte, den wir im salzigen Nordseewasser dann wieder abwuschen. Am nächsten Tag wurden wir schon etwas anspruchsvoller: Kai, der ohnehin bereits mit dem Kunst-Leistungskurs liebäugelte, begann nach höchsten künstlerischen Ansprüchen mit dem Bau einer vierseitigen Pyramide, was logischerweise sofort nachgeahmt wurde. Nach und nach entstanden zwei weitere Pyramiden, eine große und eine kleine, sowie eine Sphinx. Als Modell diente Kai natürlich Andrea, die sich gemütlich im Sand bräunte. Eingezäunt von einem Schutzwall war unserer "Kuwait im Winkel" dann fertig und bot eine Attraktion für unsere Parallelklasse und die wenigen Urlauber.

Abends war dann nicht nur Zimmer-, sondern auch Körperpflege. Was wir während dieser Woche an Sand aus den Zimmern fegten, hätte wohl bequem für reine Sandburg gereicht! Kai und Frank schrieben Körperpflege ganz besonders groß. Ihr grölendes Singen begleitete nicht nur das Rauschen der Dusche, sondern auch das Dröhnen des Föhns. Herr Rebers wäre begeistert gewesen! Während sich Markus genüsslich den Rasierapparat über die Stoppeln schob, liftete Kai elegant die Arme, um eine halbe Dose Deo zunächst unter die Achseln und anschließend auf Dirks Ratte zu sprühen. Frank betrachtete etwas neidisch Kais nasse Haarpracht, die er zu einem poppigen Elvis-Scheitel gekämmt hatte, woraufhin er sich demonstrativ vor den Spiegel stellte um

John Travolta darzustellen. Bevor er sich anzog, gab er Kai, von seiner Schönheit völlig überzeugt, die Chance, ein Foto von ihm zu schießen, indem er den Kopf zurücklegte und durch einen Schlitz im Bademantel sein weißes, behaartes Bein zum Vorschein brachte. Was für eine Show!

Eine weitere Attraktion war eine Tour auf gemieteten Fahrrädern zum Ostende der Insel. Ein leichter Rückenwind ließ uns auf der anfangs gut ausgebauten Strecke rasch vorankommen. Das Ganze wurde eine Art Rennen und man merkte schnell, dass diejenigen, die in Bremen ein Moped oder Ähnliches besaßen, das Fahrradfahren nicht mehr unbedingt gewöhnt waren. Nach zwei Dritteln des Weges hörte mit einem Mal das Pflaster auf und man musste über Sand, Gras und fürchterliche Huckel auf einer Straße fahren, die nur andeutungsweise vorhanden war. Endlich am Ziel, wies Franks Fahrrad einen Bruch der Lenksäule auf und bei meinem fehlten ein paar Speichen. Nach einstündigem Aufenthalt traten wir die Rückfahrt an, die aufgrund des Gegenwinds ziemlich beschwerlich wurde. Abends ging es dann in den "Seekrug" - eine gemütliche Kneipe, nicht weit vom Strand. Hier gab es leckere Wein- und Eissorten sowie Beck's vom Fass. Der „Seekrug" wurde damit zu einem beliebten Feierabendziel. Zum Abschluss der Fahrt hatte Herr Zwickel eine ausgedehnte Wattwanderung organisiert. Dabei blieb er an einer Stelle mit seinen schicken grünen Gummistiefeln im Schlamm stecken. Quasi als Rache halfen wir ihm nicht heraus, sondern sorgten vielmehr dafür, dass er noch tiefer einsank. Die einzige Person, die Mitleid hatte war Sabine - unser aller Vorbild. Bei dem Versuch, den bärtigen Mann aus dem Matsch zu ziehen, fiel sie selbst hinein - gewiss ein frustrierendes Ende der Wattwanderung. Gegen Abend wurde dann die Abschiedsfete gefeiert. Eine ganz normale Fete, zu nichts weiter zu sagen bleibt, als dass an diesem Abend selbst Dirk, der Alkoholfeind, halbwegs blau war. Und dann war da noch eine Gesangsstunde, die Dirk, Frank, Markus, Kai und Jens bei mir nahmen, in der ich versuchte, ihre wilden Stimmen zu einem Chor zu vereinen, was logischerweise misslang. Wir traten die Rückfahrt genau so fröhlich an wie die Hinfahrt, obwohl wir gern noch etwas länger geblieben wären.

In Kunst hatten wir in diesem Schuljahr wieder Herrn Preis. Er hatte sich zwischenzeitlich seinen Bart abrasiert und wirkte nun, weil man ihn ja eigentlich nur mit Bart kannte, wie ein nacktes Phantom. Aber er war genau so wie früher und machte über alles Mögliche seine Witzchen. Das Thema war „zeichne ein Stillleben". Die Mädels fragten, ob wir dabei Musik hören durften. Herr Preis war so offen und alternativ eingestellt, dass das kein Problem für ihn war – er stellte sogar den Plattenspieler! Selig hörten wir das brandneue Album von Supertramp „Breakfast in America".

Herr Preis

Mindestens ebenso viele Witzchen machte Herr Lau, der für Frau Hein in Biologie einsprang, als diese ein Kind bekam. Der mittelgroße, kräftige Mann, der vorwiegend mit Latzhosen bekleidet war, war im Gesicht dermaßen behaart, dass nur Augen, Nase, Mund und die schon leicht vom Haarausfall angegriffene Stirn ein freies Stück Haut zeigten. Herr Lau war die gute Laune in Person. Auf den Wunsch einiger Kameraden nahmen wir sehr

ausführlich das Thema Sexualkunde durch. Und wenn Herr Lau erstmal bei so einem Thema war, dann machte er das auch ausführlich. Er wollte immer alles ganz genau wissen. Man konnte ihm das natürlich nicht übelnehmen, aber er hätte sich eigentlich denken müssen, dass seine Fragen zu unserem

Intimleben unbeantwortet blieben. Aber er tat alles, um den Unterricht interessant zu gestalten: Er schaute mit uns abends außerschulisch einen Film, lud uns zu sich ein, um Spaghetti zu essen und organisierte einen großen Koffer mit Verhütungsmitteln bei pro familia. Mit seinem Unterricht waren wir immer einverstanden.

Eine weitere neue Lehrkraft war Herr Minzel, der uns in Musik unterrichtete. Er schien nicht zu überblicken, dass die Klasse ein hoffnungsloser Fall war. Herr Minzel holte immer neue Instrumente hervor und drückte sie hilflos seinen Schülern in die Hände. Dann

Herr Minzel

versuchte er betont jugendlich in der Wortwahl rüberzukommen. Mit den Worten „Jetzt wollen wir mal einen fetzen" setzte er sich hinter den Flügel, spielte, nach einem völlig fehlerhaften Vorspiel, „Oh when the saints". Wir nahmen bei ihm aber auch Musikwerke durch: das Forellenquintett, die Coriolan Ouvertüre und die Moldau. Zuvor fragte er uns jedes Mal, ob wir die Melodie kennen würden, setzte sich hinter den Flügel und begann zu „pianieren", dabei blickte er verträumt an die Decke - und spielte und spielte. Dabei wurde sein Blick allmählich verschwommen, seine Augen schienen in weiter Ferne etwas wahrzunehmen, seine Augenbrauen gingen höher und sein Kopf neigte sich zur Seite, als wolle er jeden Augenblick zerfließen. Darüber kicherte man natürlich. Herr Minzel nahm dann komischerweise zuerst die Unruhen links von ihm wahr, worüber er immer sauer reagierte und sich oft vergaß. Einmal beschimpfte er Claudia sogar als „Trine".

Herr Drosenmeier studierte mit seiner Theater-AG ein neues Stück ein: „Antigone" in der Theaterfassung von Jean Anouilh. Ich fühlte mich sehr geehrt, als er mich fragte, ob ich wieder eine Rolle übernehmen wollte. Das Werk war aber echt harte Kost! Mir wurde der Bote zugedacht, der am Ende des Stückes die

Botschaft vom Tod der Antigone überbringen sollte. Eine knappe Seite Text als Monolog. Ich war sehr aufgeregt, aber es klappte ausgezeichnet. Herr Drosenmeier hielt den Daumen hoch, als ich zitternd von der Bühne kam. Er saß sehr angespannt hinter dem Vorhang und soufflierte. Bei der Notenvergabe in Englisch war er stets absolut nüchtern und sehr objektiv, aber vielleicht verhalf mir dieser Einsatz bei der Theater-AG zuletzt doch zu einer Zwei als mündliche Note. Zwar interessierte ich mich sehr für das Fach Englisch, seitdem ich mit dem Bremer Jugendblasorchester nach New York hatte reisen dürfen, aber der Unterricht bei Herrn Drosenmeier war halt auch ein anderes Kaliber als etwa der von Frau Meyer-Clausnitz, der mir in als mündliche Note ja sogar mal eine Fünf eingebracht hatte!

Wo wir gerade beim Thema sind: nun das Neuste über MC. Sie war genau so nervös und rund wie die Jahre zuvor und begann bei frechen, aber angemessenen Bemerkungen gleich zu schreien, wie etwa bei Louise, von der sie auf die Aufforderung, still zu sein, ein schnippisches: „Ja, gerne", zu hören kam. Sie hatte auch die Angewohnheit aus Nervosität mit den fettigen Daumen über ihre Brillengläser zu schmieren, woraufhin sich Kai wunderte, dass sie überhaupt noch etwas sehen konnte. Jens beklagte sich darüber, dass sie so unappetitlich sei. „Die ganze Stunde ist sie am Rülpsen!", während Markus sehr lebendig den Weg beschrieb, den die Luft vom grummelnden Magen bis zum zischenden Austritt aus den Nasenlöchern zurücklegte. Einmal ist unser größter Traum wahr geworden. MC hatte einige Tage lang gefehlt und kam schließlich verbeult und ungepflegt in unseren Klassenraum. An dem Tag war es sehr windig, sodass sich ein Fenster öfter quietschend selbständig öffnete. Als Michael unter Marios winselnder Lache versuchte, das Ding endlich dicht zukriegen, ahmten Susanne und ihre zugehörige Mädchenhorde die juchzenden empörten Laute von MC nach. Ihr Erpressungsversuch:

„Seid sofort still, oder ich gehe!"

wurde mit einem einstimmigen „Bravo" und Applaus begeistert angenommen, woraufhin MC, was wir nicht erwartet hatten, wirklich verschwand. Sie kapitulierte aber leider nur diese eine Stunde. Einige Wochen später stellte ich fest, dass auf ihrer Haut etwas glänzte, woraus ich schloss, dass sie eine Schönheitscreme benutzte. Diese Neuigkeit verbreitete sich sehr schnell in der Klasse und bald hörte man schon leise die ersten Töne aus dem Werbefernsehen, wie: "Mouson macht schön!", oder "Ja, Ja, Jade!" Nun konnten plötzlich sogar Leute singen, die bei Herrn Minzel keinen Ton hervorbrachten. Michael meinte zu den Schönheitscremes von MC: „Selbst wenn die eine Creme nimmt; bei der ist sowieso nichts mehr zu retten!"

Zu allerletzt möchte ich noch eine sehr nervige Angewohnheit von MC erwähnen. Zu ihrer Stunde kam sie meistens drei Minuten zu früh und trug dann alle, die pünktlich waren, ins Klassenbuch ein. Auf meine ärgerliche Bemerkung: "Sein Sie doch nicht so pingelig", bekam sie wieder einen ihrer Schreikrämpfe. Einmal fand in unserem Klassenraum eine

Abiturprüfung statt und wir mussten in einen anderen Raum ausweichen. Wir warteten zunächst in der Garderobe, doch MC kam und kam nicht. Daraufhin schickten wir Mario los, um sie zu holen. Einem von uns gelang es den Klassenraum zu öffnen und die gesamte Klasse verkroch sich in der hintersten Ecke des Raumes. Wenn ein Nichtsahnender durch die Glastür spähte, hatte er einen scheinbar leeren Raum vor sich. Erst nach 35 Minuten trafen Mario und MC ein - er verdutzt, sie grimmig. Was uns jedoch verwunderte: Sie machte die restlichen 10 Minuten keinen Unterricht mehr.

Herr Drosenmeier hatte offenbar eingesehen, dass wir nun alt genug waren, um zur Begrüßung sitzen zu bleiben. Seine feine, englische Manier ließ aber nicht nach. Er wünschte, dass man beim Gähnen die Hand vor den Mund nahm, natürlich auch beim Husten. Wenn Jens, der direkt vor dem Puls saß, mal nicht daran dachte, wich Drösi entsetzt zurück. Dieser hatte natürlich auch etwas gegen das Rauchen. Hustete einer derjenigen Schüler, die er täglich bei der Pausenzigarette antraf, sagte er verächtlich: „Ja, ja, die Raucher!". Markus benutzte Drösi's Stunden häufig dazu, um seine Fingernägel ausgiebig mit einem Geodreieck zu reinigen (spitzer Winkel 45 Grad). Wie er mal wieder mit seinem Geodreieck zugange war, meinte Drösi:

„Ist ein Schwein im Kämmerlein, macht es sich die Nägel rein."

Aber er schaffte es immerhin, mit uns alle drei im Lehrplan stehenden Englischbücher durchzupauken und uns auf den Wissensstand zu bringen, auf dem die anderen zehnten Klassen ebenfalls waren. Und das finde ich, sollte man ihm hoch anrechnen. Einige wählten später Englisch als Leistungskurs bis zum Abi. Meine Wenigkeit ging als Austauschschüler für ein Jahr in die USA, wie in meinen Aufzeichnungen „Ein Greenhorn in Florida" nachzulesen ist. Und ich muss zugeben: Ohne den Einsatz von Herrn Drosenmeier wäre ich mit der Sprache lange nicht so gut zurechtgekommen.

Fete in van Bogens Partykeller

Damit wäre nun auch das Zehnte Schuljahr geschafft. Wie schnell doch vier Jahre vergehen! Trotzdem möchte ich auf große Schlussworte verzichten. Sicher ist nur, dass es eine schöne Zeit war, die ich in der Oberstufe sicher vermissen würde. Und weil ich einige Kameraden wohl nicht wiedersehen werde, möchte ich mich auf alle Fälle den Wünschen Herr Drosenmeiers anschließen:

Viel Glück in Schule und Zukunft sowie viel Erfolg im Beruf!

ENDE

Nachwort

Ich war in meiner Jugend nicht oft betrunken. Aber meine kleine Abschiedsfeier im engsten Freundeskreise mit Kegeln beim Griechen geriet feuchtfröhlich. Ich hatte mit dem kostenlosen Ouzo nicht gerechnet. Aber der eine allein war es auch nicht. Es waren wohl mehrere, nachdem einige meiner Kumpels auch noch die eine oder andere Runde spendierten.

Warum das Ganze? Wie bereits erwähnt konnte ich mich für ein Austauschjahr nach Amerika qualifizieren. Der Bericht über diese Zeit ist in meinem Buch „Ein Greenhorn in Florida" nachzulesen. Kurz vor meiner Abreise lud ich alle Kumpels und netten Mädels aus meiner Clique zum Essen ein. Nach dem Kegeln und der Mahlzeit gab aber noch eine sehr nette Geste von Kai, der mit seiner Mutter quasi eine gereimte Antwort auf meine vielen Gedichte entwarf und diese beim Griechen vor versammelter Mannschaft vortrug. Hier ein Ausschnitt daraus:

Matt geht nach Amerika 1980

Wir sind heut zusammengekommen,
weil Abschied wird genommen.
Allerdings nur für ein Jahr,
denn dann ist Matt schon wieder da.
Damit wir ihn auch nicht vergessen,
spendiert er uns noch schnell ein Essen.
Er hat sich oft viel Müh gemacht
und sehr viel zu Papier gebracht,
sodass wir uns jetzt nicht genieren
uns endlich auch mal revanchieren.

Wenn van Bogen Witze riss
manch` Lehrer auf die Lippe biss.
Jetzt schreiben wir ganz ungeniert,
was da so alles ist passiert

Nun ist Matt, dieser Bengel
alles andre als ein Engel.
Wenn er was will, dann will er`s richtig
und alles andre ist nicht wichtig.
Viel Ärger würde er vermeiden,
tät er statt reden lieber schreiben.

...

MC muss gerade ihn auswählen,

von „Jenny Treibel" zu erzählen.
Er sagt voll Trotz: „Das kann nicht sein,
bei diesem Quatsch, da schlief ich ein!
Dieses Buch, Verzeihung, ist
ein hirnverbrannter blöder Mist!"
Dann nimmt er sein Notizbuch raus
und drückt den Zorn in Versen aus.
„Nimm ruhig mal einen andern dran",
sagt er, wenn er nicht weiterkann.
Und passt es auch nicht in den Rahmen,
schließt er den Satz ganz kess mit „Amen".
Doch jetzt spielt er im Schultheater,
und Drösi liebt ihn wie ein Vater.

Nun wünschen wir dir recht viel Glück
Und hoffen, kommst gesund zurück.
Die Koffer prallvoll mit Ergüssen,
die wir dann schleunigst lesen müssen!

Deine Schulkumpel und Fans

Wir hatten großen Spaß an diesem Abend.
Von dessen Ende blieb mir nur in Erinnerung,
dass die kräftigen Jungs Kai und Frank mich in
ihre Mitte nahmen und irgendwie daheim
ablieferten.

www.ingramcontent.com/pod-product-compliance
Lightning Source LLC
Chambersburg PA
CBHW070510130626
46555CB00003B/1236